tredition®
www.tredition.de

AF204382

Ilse Seck

Nie mehr zurück

Eine spannende Familiensaga
Deutschland 1910 - 1996

www.tredition.de

© 2018 Ilse Seck

Verlag und Druck: tredition GmbH, Hamburg

ISBN
Paperback: 978-3-7469-6329-7
e-Book: 978-3-7469-6703-5

Das Werk, einschließlich seiner Teile, ist urheberrechtlich geschützt. Jede Verwertung ist ohne Zustimmung des Verlages
und des Autors unzulässig. Dies gilt insbesondere für die elekt-
ronische oder sonstige Vervielfältigung, Übersetzung, Verbrei-
tung und öffentliche Zugänglichmachung.

Inhaltsverzeichnis:

EINLEITUNG

Zu Beginn des 20. Jahrhunderts war unser Deutschland noch ein Kaiserreich, eben das Deutsche Reich. Die Menschen lebten in einem Europa, das fast ausschließlich aus Kaiser- und Königreichen bestand. Es war innerlich zerrissen von Machtkämpfen untereinander.

Meine Geschichte beginnt im eigentlichen Preußen, dem späteren Ostpreußen.

Hier gab es Gutsherren mit weit im Land verteilten Besitztümern und sehr vielen einfachen Menschen, die gelernt hatten, zu dienen und niemals gewagt hätten, sich gegen die hohen Herrschaften aufzulehnen. Dieses Land im fernen Osten des Deutschen Reiches war reich an Menschen, die keine Chance hatten, das zu erlernen, was man heute einen Beruf nennt. Sie müßten sich bis zur totalen Erschöpfung auf den Feldern. Während der Saat- und Erntezeit versorgten sie das Vieh der Herrschaften und sorgten für deren leibliches Wohlergehen. Selbst hatten sie oft nur ein knappes Auskommen, das gerade so zum Leben reichte und ein armseliges Zuhause.

Die Geschichte der jungen Frau Anna, deren Tochter Jette und ihrer großen Familie hat sich im Süden Masurens zuge tragen. Sie alle hatten von den Bergwerken in Westfalen gehört und die Hoffnung, dorthin auswandern zu können, um für alle, besonders für ihre männlichen Familienmitglieder, geregelte Arbeit zu bekommen. Sie wollten für sich Freiheit und für Annas kleine Tochter die Chance einer Ausbildung. Würde ihr Wunsch wahr werden? Erwarteten sie spannende Ereignisse, verbunden mit viel Leid oder gar großer Freude?

Die kargen Heideböden dieser ostpreußischen Region brachten wenig Ertrag. So verdienten sich die Kleinbauern bei den Gutsherren oder den königlich preußischen Förstern des riesigen Staatsforstes etwas Bares dazu. Das einzige, was der Landbevölkerung Kraft und Gemeinsamkeit gab, war der weit verbreitete überwiegend protestantische Glaube. Oft trafen sie sich zu Gebetsstunden in ihren Wohnräumen. Sie holten dann die einzigen beiden Bücher hervor, die sie besaßen: das christliche Gesangbuch und die Bibel. Laienhaft deuteten sie die Bibelsprüche, gemeinsam sangen und beteten sie. Das baute ihre erschöpften Seelen auf. Weil die Pfarrkirchen mehrere Kilometer weit entfernt lagen, trafen sie sich sonntags meist zum Gottesdienst auf einem der kleinen Höfe. War ein Wanderprediger angekündigt, kamen viele Familien zentral an einem Ort der kleinen Ansiedlung zusammen.

Die alten Frauen waren tief schwarz gekleidet mit ihren Kopftüchern, langen Röcken und Schürzen. Die Männer mit ihren Hüten und hochgeschlossenen Jacken, die ebenfalls von sehr dunkler Farbe waren, genossen gemeinsam in dieser Sonntagskleidung die spärlichen Stunden ihrer freien Zeit. Angst war trotzdem immer im Spiel, weil es von den Herrschaften verboten worden war, sich in Gruppen zu treffen.

Die Herrschaften hielten große Distanz zu ihrem Gesinde und ließen niemanden von ihnen an sich heran. Auch Anna ging es nicht anders. Nicht einmal die Anweisungen gaben ihr die Herrschaften persönlich. Ihr wurde von der Hausdame mitgeteilt, was sie zu tun hatte. Diese musste für ein ganzes Heer von Dienstleuten die Arbeit einteilen und überwachen. Anna musste putzen, kochen, waschen und niemals hätte sie gewagt, nach einem Schluck Wasser zu fragen, überhaupt nach etwas zu fragen, was nicht ihre Arbeit betraf. So etwas war unerhört und einfach nicht erlaubt. Sie bekam bei ihren Arbeiten die Herrschaften so gut wie niemals zu Gesicht. Sollte sie ihnen trotzdem durch eine Ungeschicklichkeit begegnen, durfte sie keinen Blick erheben. Sie musste dienen und gehorchen.

Jung war Anna noch und träumte von einer besseren Zukunft, wenn sie nachts in ihrer spärlichen Kammer auf ihren Strohballen lag. Wenn sie ein bisschen Zeit hatte zum Beten und Denken, dann schloss sie den Traum von einer möglichen Veränderung ihres Lebens in ihr Gebet mit ein. Sie arbeitete zwar in einem hochherrschaftlichen Haus, bekam dort allerdings nur das Nötigste zum Essen, sah jeden Luxus, der ihr unendlich viel Arbeit abverlangte, aber keinerlei persönliche Freiheit für sie selbst bot. Zuhause zu sein, ihre Familie öfter zu sehen, das wäre ihr lieber gewesen.

Ihre Mutter hatte sie als Kind schon im Gutshaus untergebracht, weil sie eines von zu vielen eigenen Kindern war, welches die Mutter nicht mehr ernähren konnte. Anna hatte unter diesen schwierigen Arbeitsbedingungen und schrecklichen Entbehrungen ihre Kindheit und Jugend verbracht. Selbst zur harten Waldarbeit wurde sie gezwungen.

Als die Herrschaften einmal auf Reisen waren, durfte sie ihre Familie besuchen. Dabei lernte sie Hannes kennen, der später ihr Ehemann wurde. Während sie ihm drei Söhne gebar, arbeitete sie zwischenzeitlich weiter im Herrenhaus. Sie hatte aber jetzt mit Hannes ihr eigenes Zuhause, in dem auch ihre Mutter wohnte, die sich während Annas Arbeitszeiten um die Kinder kümmerte. Seit ihrer Verheiratung wohnte sie nicht mehr auf dem Gutshof.

Anna wünschte sich sehnlichst, noch ein kleines Mädchen zu bekommen. Dieser Wunsch wurde ihr noch erfüllt, allerdings unter Bedingungen, die sie so nicht gewollt hatte.

Nach einigen Jahren gebar sie ihr erstes heiß ersehntes Mädchen. Dieses Mädchen nannte sie Jette.

AUSWANDERUNG

Jette lief mit ihrer Mutter über den platt getretenen Pfad des längst abgemähten Kornfeldes, der nicht weit von der hochherrschaftlichen Einfahrt des Gutshauses verlief, sondern fast parallel dazu. Niemals hätte sie die herrschaftliche Einfahrt benutzen dürfen. Es war noch früh am Morgen. Es wurde hell und langsam ging die Sonne auf. Plötzlich riss die Mutter die Kleine hoch. "Schau Jettchen, eine Kutsche mit vier prächtigen Rappen davor!" Jettchen war zu klein, um über das hoch-gewachsene Kornfeld schauen zu können. Aber sie sah jetzt auf dem Arm ihrer Mutter eine schwarz lackierte Kutsche, die von vier Pferden gezogen wurde. Sie fuhr in entgegenkommender Richtung zu den beiden und war in nächsten Moment bereits an ihnen vorbeigefahren. Anna war mit dem Kind auf dem Arm stehengeblieben. Sie hielten einen Moment für eine kleine Verschnaufpause inne, denn sie hatten von Zuhause bis hierher schon einige Kilometer hinter sich gelassen. Als man die Kutsche am Horizont nicht mehr erkennen konnte, drehte Jettchen ihren Kopf in die andere Richtung. Das kam selten vor, dass ihre schwer arbeitende Mutter dieses inzwischen schon so große Kind auf den Arm nahm. Aber Jettchen genoss das Gefühl. So einen kleinen, wärmenden herzlichen Druck ihrer Mutter hatte sie gespürt, das ging durch ihren Körper.

Es offenbarte sich ihr in der anderen Richtung ein Anblick, den Jette nie in ihrem Leben mehr vergessen würde.

Am Ende der langen Einfahrt fiel ihr sofort das große, zwei-flügelige Tor aus verschnörkeltem Eisengitter ins Auge. Auf einer halbhohen Mauer setzte sich dieses schwarze Eisengit-ter fort. Der Zaun befand sich in großem Abstand zu dem dahinterstehenden Herrenhaus. „Ich sehe ein Schloss!" Jette war außer sich. „Genau wie im Märchen, wie es Großmutter mir beschrieben hat." Groß und gewaltig, und so schön war es, wie es sich Jette in Ihrem Kindheitstraum vorgestellt hatte.

Eine übergroße Eingangstür prangte in der Mitte des Ge-bäudes in leuchtend grüner Farbe, darüber ein halbrundes verschnörkeltes Gebilde aus Gold. Der Traum endete schlagartig, denn Mutter ließ Jette vom Arm hinunterglei-ten, und das Kind kam auf den Boden der Tatsachen zurück. Sekundenschnell hatte sich dieses Bild bei Jette eingeprägt. „Wir müssen weiter. Die Arbeit muss erledigt werden. Heute und morgen ist besonders viel zu tun", sagte Mutter.

Vater Hannes hatte in der vergangenen Woche für die Herrschaften von Ortelsbruck als Tagelöhner gearbeitet. Er hatte Schweine geschlachtet, diese zerteilt und gewurstet. Als er jetzt seinen kargen Lohn für die Arbeit erhielt, befahl ihm die Hausdame, dass Hannes Ehefrau in der Früh am nächsten Tag für zwei Tage die Berge an Wäsche zu wa-schen und schrankfertig abzuliefern hätte.

„Warum muss ich immer mit, Mutter?" „Der Herr bestimmt es so!", war Annas Antwort. „Ich kann nicht mehr laufen," jammerte das Kind. „Du hast doch so gute Schuhe, schau mich an, meine Schuhsohlen sind schon abgenutzt." Jette fragte: „Warum haben die Jungen nur Holzschuhe und du so schlechte Schuhe, nur ich habe so schöne Schuhe?" Mutter mochte die Frage nicht beantworten, sondern versuchte ihr neugieriges Mädchen abzulenken. „Schau, die Äpfel sind reif. Heb ein paar vom Boden auf, dann können wir sie heute und morgen nach den Broten essen." Sie gingen jetzt an den unzähligen Apfelbäumen vorbei, denn hinter dieser Plantage befand sich die Waschküche, die zum Herrenhaus gehörte. „Hat der Herr von Ortelsbruck keine Kinder, Mutter? Ich habe hier noch nie ein Kind gesehen." „Nein, seine Frau ist krank und kann keine Kinder bekommen. Hat er dir in der letzten Woche irgendwelche Fragen gestellt?" fragte die Mutter unauffällig. „Ja, er wollte wissen, ob bei uns so ein fremder Herr war und Fragen gestellt hat." „Kind, was hast du geantwortet?" Mutter wurde nervös. „Ich habe gesagt, ich hätte keinen fremden Herrn gesehen." „Dann ist es gut Kind, ich habe auch keinen fremden Herrn gesehen."

Jetzt war Mutter Anna erleichtert. „Hoffentlich bleibt das Wetter gut, damit die Wäsche trocknen kann. Sonst müssen wir eventuell drei Tage hierbleiben," war Annas Sorge, die sie vor sich hinsprach.

Endlich hatten sie die Waschküche erreicht. Auf dem Bügeltisch neben der Kaltmangel stapelten sich unzählige Tischdecken, Bettwäsche, Hand- und Trockentücher und auch Unterwäsche. „Zuerst müssen wir das Feuer unter dem Waschkessel anzünden, damit die Wäsche zum Kochen kommt." Anna kannte den Ablauf. Seit Kindheitstagen stand sie in Ortelsbrucks Diensten. Die Herrin war ihr noch nicht zu Gesicht gekommen. Die Schwester von Frau von Ortelsbruck war zu Besuch gewesen. Sie war heute Morgen wieder mit der schwarzen Kutsche Richtung Pommern abgereist, wie sie es vor wenigen Minuten gesehen hatten. Deren Kinder waren schon erwachsen. Deshalb konnte sie einige Tage ihre kranke Schwester versorgen. Der Herr war zur Jagd und einige Tage nicht anwesend. Er war froh, dass seine Schwägerin seiner Frau Gesellschaft leistete. So hatte sich aber auch mehr Wäsche angesammelt als sonst.

Anna schleppte jede Menge Wasser zum Waschhaus, um den Waschkessel zu füllen. Unzählige Male musste sie den Pumpenschwengel am Brunnen heftig nach unten drücken und dann nach oben ziehen, solange bis ein Eimer kurz vor dem Rand voll war. So füllte sie jedes Mal zwei nacheinander. Sie musste darauf achten, dass sie nicht zu voll wurden, denn dann waren sie zu schwer zum Tragen und es ging zu viel Wasser verloren, das dann beim Laufen überschwappte. Zu wenig durfte es aber auch nicht sein, weil sie sonst noch häufiger hätte laufen müssen. Anschließend trug sie diese beiden Eimer gleichzeitig in die Waschküche. Sie lief eilig den Abhang rauf und runter, weil die Pumpe unten am

Bachufer stand. Zwischendurch musste sie immer wieder Holz nachlegen.

Auf keinen Fall wollte sie drei Tage hierbleiben! Übermorgen sollte doch ein Gesandter aus dem Westen zu ihnen nach Hause kommen, der neue Arbeiter für den Bergbau in einer weit abgelegenen Region des Deutschen Reiches anwerben sollte.

Heimlich müsste das geschehen, und morgen Abend wäre doch der Gottesdienst, natürlich auch heimlich. Von dem Leben der Tagelöhner durfte der Herr nichts wissen. Er sollte auch nicht die kleine Jette ausfragen! Aber wie sollte sie das alles verhindern? Jede freie Minute nutzte der gnädige Herr, mit dem Kind Kontakt aufzunehmen. Heute hatte er sich Gott sei Dank noch nicht sehen lassen. Er bestand aber immer darauf, dass Anna das Kind mitbringen sollte.

„Jettchen, hol bitte noch Holz aus dem Schuppen, ich muss nachlegen, damit das Feuer nicht ausgeht!" Jette eilte der Mutter zur Hilfe und trug Holz, soviel sie konnte. Sie wollte doch auch morgen Abend wieder Zuhause sein, weil Rudi mit seinem Bruder, die Nachbarjungen, und deren Eltern wegen der Andacht kommen würden. Dann könnte sie mit den beiden Jungen und ihren Brüdern unter dem großen Tisch sitzen und zuhören oder „Stille Post" spielen.

Jette wusste, dass sie das nicht dem Herrn von Ortelsbruck erzählen durfte, denn dann würde Vater bestraft, und das wollte sie nicht. Dafür hatte sie ihren Vater viel zu lieb. Aber Jette hatte was von einer großen Reise gehört, die Jungen hatten es erzählt. Doch genau das war ein riesengroßes Geheimnis! Die Jungen hatten ihr verboten, darüber zu sprechen. Wenn das herauskommen würde, dann würde es nicht klappen. Wie einen Schatz bewahrte Jette daher dieses Geheimnis und schwieg. Sie half ihrer Mutter, wo sie nur konnte. „Wenn das Feuer lodert, kommt die Wäsche schnell auf die Leine oder Wiese und dann würden sie es schaffen, dass sie beide morgen Abend wieder Zuhause wären.", waren ihre Gedanken.

Mit dem Wäscheknüppel rührte Anna in dem Bottich herum und hob damit die schweren Wäscheteile an, um sie kräftig auszuwringen. Jetzt war Jette wieder gefragt. „Wenn ich Wasser zum Spülen der Wäsche brauche, Jettchen, musst du dann jetzt den Pumpenschwengel rauf und runter bewegen, ich kann nicht mehr. Dann schaffen wir es und das Wetter muss schön bleiben. Ich bete zum lieben Gott." Mutter strengte sich an. „Wenn die ersten Teile auf der Leine sind, können wir den Waschkessel neu füllen."

Bei der vielen, anstrengenden Arbeit hatte Anna ihre Angst vergessen. Hoffentlich würde er heute Abend nicht kommen, dachte sie dann aber doch noch!

Die Sonne durchbrach die Wolken, die der aufkommende Wind so langsam vertrieb. Die Wäsche hing auf der Leine und musste erst einmal trocknen. Jetzt konnte Anna mit Jettchen eine Pause machen. Sie setzten sich auf die Wiese, packten ihre Brote, die sie für die zwei Tage mitgenommen hatten, aus und aßen im Anschluss ein paar säuerliche, wohlschmeckende Äpfel. Sie bissen an den angefaulten Stellen vorbei und kontrollierten, ob auch kein Wurm in dem übriggebliebenen Teil zu sehen war. Dann warfen sie die Reste des Apfels, die man nicht essen konnte, bis weit hinten zum Bach hinunter. „Dann haben die Vögelchen und die Fische auch etwas zu essen", sagte Jette in ihrer liebevollen und einfühlsamen Art. Sie tranken an der Quelle etwas Wasser. Nicht einmal das durfte der Herr sehen, dass sie die heruntergefallenen Äpfel aufgesammelt hatten, geschweige denn, dass sie sich eine Pause gönnten.

Der Wind wurde stärker. Die nächste Ladung Wäsche kochte im Kessel. Es bestand die Aussicht, dass heute noch alles trocken würde, denn es war noch früh am Nachmittag.

Jette hatte eine Pause und lief zum Bach hinunter. Auf der gegenüberliegenden Seite des Baches verlief ein Weg und wieder dahinter erstreckte sich ein großer Wald, der besonders in der linken Richtung nicht enden wollte. Jette versuchte gerade Stieglitze zu fangen, die ihr immer wieder aus den Händen glitten. Plötzlich hörte sie das Getrappel von

Pferdehufen. Ihr Blick richtete sich suchend in die Richtung, aus der sie die Geräusche hörte. Hoch zu Ross saß Herr von Ortelsbruck. Er stoppte sofort das Pferd im Galopp, denn er hatte die Kleine erst im letzten Moment gesehen. Tief unten am Bach stand sie barfuß in gebückter Haltung und versuchte dabei immer wieder so einen Glitschefisch zu fangen.

„Guten Morgen kleines Fräulein.", begrüßte sie Herr von Ortelsbruck. Jette war nicht erschrocken. Sie wusste gleich, dass er es war und-wie immer mindestens einmal auftauchen würde, wenn sie mit ihrer Mutter im Hinterhaus war. „Bald musst du in der Schule angemeldet werden." „Es dauert noch einige Zeit Herr von Ortelsbruck, guten Morgen."

Höflich war das Kind, das hatte ihre Mutter ihr beigebracht. Sie schaute zu ihm auf.

Riesengroß und mächtig saß der Gutsherr auf seinem stattlichen Pferd. Rötliches, lockiges Haar und zwei blaue Augen wie Sterne leuchteten ihn an. Für einen Moment verschlug es ihm die Sprache. In der Sonne sah dieses Kind noch schöner aus. "Ich muss weiter", rief er aus. Und dann ritt er davon. Das Kind hatte sich an seine Auftritte längst gewöhnt und spielte weiter. Heute hatte der Herr zum Glück keine lästige Frage gestellt, die sie nicht beantworten durfte und nicht beantworten wollte.

Es wurde schon dunkel, als Mutter die letzten Laken und Tischtücher von der Leine holte, sie dann faltete und auf dem großen Arbeitstisch stapelte. Sie kletterten die Holzleiter hoch, setzten sich auf die Strohballen und aßen noch ihr weiteres Brot, bevor sie zur Nachtruhe gingen. Mutter betete mit Jette, nahm sie noch einmal in den Arm und wünschte ihr eine gute Nacht. Beide waren müde. Der Tag war lang gewesen, der weite Weg, die viele Arbeit, aber alles war geschafft. Jettes Gedanken gingen zu den Nachbarjungen, die sie morgen Abend sehen würde. Sie war neugierig, ob es etwas Neues geben würde. Kurz bevor sie einschlief, glaubte Jette noch Vaters Stimme gehört zu haben. Aber sie war zu müde, um noch einmal die Augen zu öffnen.

Jette wurde von dem Schlagen der Kaltmangel wach. Ihre Mutter war früher aufgestanden und arbeitete schon. Immer dann, wenn ein neues Wäschestück eingelegt wurde, musste die Walze angehoben werden, damit das Wäschestück darunter eingelegt werden konnte. „Klack" machte es wieder. Das waren die Geräusche gewesen, von denen sie geweckt worden war. Noch einmal reckte sich Jette, schaute durch die Luke am Giebel und freute sich, dass die Sonne aufging. Es ging eine Freude durch ihr Herz, der Tag würde schön werden.

Mutter Anna stand an der Mangel und hatte das Kind nicht bemerkt. Sonst hätte sie ihre Traurigkeit überspielt und die Tränen weggewischt. Angst vor einer neuen

Schwangerschaft war in ihr hochgekommen. So schön es auch war, dieses überwältigende Gefühl, was sie nicht einmal bei Hannes so stark verspürte, es war immer in wenigen Minuten vorbei. Sie hätte ihn so gerne festgehalten, wenn sie ihn so vor sich sah: „Nimm mich ganz", hätte sie gerne gesagt. Aber da standen Welten dazwischen. Im gleichen Moment schämte sie sich für das Gefühl und ihre Gedanken. Jette hatte ihre Gedankenspiele, Gott sei Dank, nicht bemerkt.

Durch den Reichtum, den von Ortelsbruck mit seiner Heirat verdoppelt hatte, kam bei ihm immer mehr dieses Gefühl auf, zu dieser abgehobenen, unantastbaren Gesellschaft zu gehören, die jedes Problem mit arroganter Macht lösen konnte. Er war total egoistisch geworden! Selbst, dass seine Frau sehr häufig in tiefe Depressionen fiel, war für ihn kein Grund zu einer Trennung. Er lebte sein Leben! Er war machtbesessen und liebte die gesellschaftliche Anerkennung. Seiner Frau gelang es immer wieder, die wenigen gemeinsamen öffentlichen Auftritte brav zu meistern. Auf dem Parkett riss sie sich zusammen, wenn es erforderlich war.

Aber jedes Mal, wenn sie dann allein in ihrer Kammer war, wenn wieder ihre Periode kam, und sie es wieder nicht geschafft hatte schwanger zu werden, fiel sie in ein tiefes Loch und das schon viele Jahre lang. Sie weinte dann stundenlang. Irgendwann danach verstummte sie, wollte gar nicht mehr wach werden, und blieb einfach liegen. Ihre quälenden Gedanken bereiteten ihr körperliche Schmerzen.

Anna wusste nicht, dass es zwei unglückliche Frauen gab, eine, die ihr Schicksal nicht ändern konnte und eine andere, die Angst vor den Folgen hatte. Einmal schon, vor Jettes Geburt, musste sich Anna bereits sorgen, schaffte es aber, dass es weggemacht wurde. Dank ihrer Mutter, war der strafbare Deal geglückt. Nicht einmal Hannes hatte es mitbekommen. Bei Jette war es nicht möglich, Anna hatte es zu spät bemerkt. Nach den drei Jungen bekam sie endlich das ersehnte Mädchen! Sie dankte Gott dafür. Niemand sollte es je erfahren, besonders Jette nicht.

Es wird schon gut gehen dieses Mal, redete sie sich ein, und vielleicht gehen wir bald auf Reisen, hoffte sie inbrünstig.

Anna hatte nur fast zwei Tage gebraucht, um die Wäsche zu waschen, zu trocknen und zu mangeln. Am frühen Nachmittag des zweiten Tages konnte sie dann endlich mit Jette ihren Heimweg antreten. Viele tausend Tage Knechtschaft würde sie eines Tages beenden. Hannes würde schon mit dem Gesandten reden. Großmutter konnte sicher auch ihren guten Einfluss geltend machen. Sie hatte schon zugesehen, dass ihre Jungen, Annas Brüder, in den Westen kamen und hatte dort vermittelt. Sie verstand es, mit den Gesandten zu verhandeln. Bei Anna und Hannes war das anders, die waren keine Einzelpersonen. Bei ihnen herrschte die Devise: „Entweder gehen wir alle oder gar nicht!"

Noch einmal würde sich Großmutter Johanna nicht von ihrer Tochter trennen und Anna hätte ihre Mutter auch nicht allein zurückgelassen. Zwei andere Jungen im Alter von Annas Jungen sollten noch mitgenommen werden, damit diese nicht ohne Aufsicht von Erwachsenen allein auf sich gestellt im Westen wären. Ihre Nachbarn wären ihnen dankbar. Alle müssten auf der Liste stehen, wenn der Werber kommen würde. Spannend war es, denn es könnte schon morgen sein, dass der Plan für das Abreisen gelingen könnte.

Heute ist der Gottesdienst, vielleicht würde der Prediger schon die erlösende Botschaft mitbringen. Es könnte der Abend werden, der alles, was bisher war, verändern würde. Aber wenn nicht, müssten sie alle noch einen grausamen Winter hier verbringen, denn für so eine große Gruppe war eine lange Planung im Voraus nötig, und der zuständige Werber würde erst im nächsten Frühling wiederkommen. Die Hoffnung auf etwas Gutes ließ Anna schnell laufen. Jettchen strengte sich an, dem schnellen Schritt ihrer Mutter zu folgen. Großmutter hatte schon das Nötigste für alle gepackt. Manchmal geht es eben schnell los mit dem Transport. Es fehlten nur noch die geheimen Listen, auf denen die

für die nächste Abreise bestimmten Personen mit den vor-
gegebenen Zeiten und benötigten Fahrkarten für alle stehen.
Annas Gedanken kreisten um das Abenteuer.

Alles hinter sich zu lassen, war sicher nicht leicht. Man
wusste ja nicht, was einen erwarten würde. Wohnungen für
alle und gut bezahlte, geregelte Arbeit wurde versprochen.
Die würde es im goldenen Westen mit den Bergwerken geben. Hier wollte Anna nicht mehr weiterleben. Nur nicht
mehr unter den Abhängigkeiten und den Launen ihrer
Herrschaftsleute und deren Machtgehabe leiden zu müssen,
denen sie ständig ausgeliefert war, nicht mehr Angst und
Armut zu ertragen und manchmal sogar Hunger. Alles hatte
sie durchgestanden, musste oft verzichten, um ihre Kinder
satt zu bekommen. Aber wenn es eine bessere Möglichkeit
für eine gute, gemeinsame Zukunft gab, warum nicht aus-
reisen.

Groß und schlank war Anna, eine schöne, stolze Frau. Sie
liebte ihren Hannes und die Geborgenheit in ihrer Familie,
die sie in ihrer Jugend nicht hatte. Das alles gab ihr Kraft und
den Mut, etwas Neues zu beginnen. Alle sollten eine bessere
Zukunft haben. Von den Gesandten der Zechen wurden ge-
rechte Löhne versprochen und Arbeit unter Tage mit gere-
gelten Zeiten. So etwas wie Gewerksvereine würde es geben. Das wären Kampforganisationen der Arbeitnehmer,
um Lohn- und Arbeitsbedingungen in Auseinandersetzung

gen mit den Arbeitgebern zu verbessern. Das hatte der Werber dem Hannes erzählt. Anna konnte sich nicht vorstellen, was das sein sollte. Dass man für seine Rechte gemeinsam kämpfen würde, hatte Hannes gesagt, ohne vor Schlägen Angst haben zu müssen. Ebenfalls sollten im Westen vor allen Dingen Wohnungen für kinderreiche Familien bereitstehen. Das hob er hervor, um ihr den eventuellen Abschied von Ostpreußen schmackhaft zu machen, das hatte sie aber für sich schon verinnerlicht.

Das war es ja, was die Gutsherren verhindern wollten, dieses, was heute in Großmutters Häuschen geschehen könnte, in diesem einfachen kleinen Häuschen, wo man sich gegenseitig wärmte, wenn es im Winter bitterkalt war. Hier hatte man trotz der vielen Wälder rundherum kein Holz für den Ofen, weil die Herrschaften ihre Wälder durch eigene Förster bewachen ließen. Aber man konnte Holz für den Winter kaufen, wenn man genügend Geld hatte. Aber das war immer knapp.

Im Sommer, wenn es warm war, und der kleine Garten rund ums Häuschen von Großmutter bewirtschaftet wurde, war es ein bisschen einfacher zu leben. Aber der nächste Winter stand wieder vor der Tür und falls es nicht gelingen würde mit der Abreise, müssten sie alle noch einmal diese harte Winterzeit mit eisiger Kälte durchstehen.

Auf dem langen Weg zurück nach Hause sammelte Anna jeden Stock und Ast auf. Auch Jette wurde angehalten, das zu tun, um doch noch vorzusorgen, falls keine frohe Botschaft käme. So konnten sie ab und zu ein warmes Essen kochen und nach getaner Arbeit ein bisschen zusammensitzen.

Jede Möglichkeit, die den Tagelöhnern ein einigermaßen erträgliches Leben ermöglichen könnte, wurde von dem Gutsherrn unterdrückt. Sie sollten gefügig bleiben und für bitter wenig Lohn einfach nur überleben. Auch durften in den kargen Wohnungen keine Zusammenkünfte stattfinden, damit man sich nicht gemeinschaftlich gegen die hohen Herrschaften auflehnen könnte.

Heute Abend würden die Fenster verhängt. Nur bei Kerzenlicht wollte man beten, Erfahrungen austauschen und wieder Hoffnung haben, bei der nächsten Tour mit dabei zu sein. Alle wollten mitreisen, jeder aus der Familie, sogar die zwei Nachbarjungen.

Von diesem schön gepriesenen, großen Land im Osten des Deutschen Reiches hatte Anna noch nicht viel gesehen. Nicht die endlosen Felder, Wälder und die vielen kleinen Seen, von denen sie wohl schon gehört hatte. Aber all das, was sie an Schönheiten gesehen hatte, war mit harter Arbeit verbunden. Das war für sie eben das schöne, große Gutshaus mit seinen Anlagen rundherum.

Zweimal im Jahr, im Frühling und im Herbst, lief sie bis ins nächste Dorf zu den Verwandten quer durch das langweilige und karge Heideland. Annas Schwester und ihr Ehemann bewirtschafteten dort einen etwas größeren Hof. Es ging ihnen und ihren Kindern gut. Sie gaben auch gerne ihrer jüngsten Schwester von ihrem Reichtum ab, wenn sie allesamt mit ihrem Leiterwagen zu einem Sonntagsausflug zu Fuß bei Charlotte ankamen. Annas Familie wurde dort liebevoll beköstigt und auf dem Heimweg war ihr Leiterwagen bis oben hin vollgepackt.

Annas Schwester hatte auf diesem Bauernhof eingeheiratet. Da ihr Mann Rittmeister bei einem anderen Gutsbesitzer in der Nähe war, hatten sie ein gutes Einkommen. Dieser Gutsherr war nicht so machtbesessen und geizig wie Herr von Ortelsbruck.

Immer im Frühling, wenn die ersten Meldepflänzchen reif waren und Salat, Kartoffeln, eingekochtes Obst und Fleisch vom Winter noch übrig waren, dann bekam Anna alles Übriggebliebene und war dankbar und glücklich darüber.

Im Herbst, beim nächsten Ausflug zu ihren Verwandten, kam Anna mit ihren Jungen und Hannes zur Kartoffelernte. Sie halfen mit und bekamen als Belohnung Einkellerungskartoffeln mit und Äpfel, die man lange lagern konnte.

Strohballen erhielten sie, die Wärme dort gaben, wo keine Betten und Bettzeug vorhanden waren, auf denen man auch in der Runde sitzen konnte. Der Schwager hatte auch Beziehungen zur Kornmühle. Da er ein Herz für Anna und ihre hungrigen Kinder hatte, bekam sie immer einen großen Sack Mehl mit auf den Wagen. Großmutter konnte davon Brot backen. Wie nahezu immer war der Wagen auch dieses Mal erneut bis oben hin vollgeladen und wurde abwechselnd von Hannes und den Jungen gezogen und geschoben.

Besonders Anna fühlte dann Freude und Dankbarkeit in ihrem Herzen. Manchmal blieb Jette auch bei Großmutter Zuhause. Aber wenn sie dabei war, war sie mal auf Mutters Arm oder saß manchmal oben auf dem Wagen. Aber meistens hüpfte sie fröhlich und glücklich nebenher. Jette sah Blümchen am Wegesrand und pflückte dann welche für die Großmutter. Sie erfreute sich der Sonnenstrahlen und der Vögel, die emsig hin und her flogen und laut zwitscherten. Jette war so ein Sonnenkind, welches Anna auch gerne gewesen wäre. Aber deren Kindheit war bitter, oft von Kälte und Armut begleitet. Jetzt hatte sie Hannes, der für seine Familie sorgte, wenn er als Schlachter bei den großen Höfen unterwegs war.

Oft durfte er als Lohn etwas Fleisch und Wurst mit nach Hause bringen. Mit Hannes hatte sie Glück. Er war ein Familienmensch, der seine Frau und seine Kinder liebte. Mit ihm würde sie gehen, mit der ganzen Familie, bis ans Ende der Welt. Weg von der Armut und Kälte hier und vor allen Dingen weg von Ortelsbruck, vor dem sie Angst hatte. Er nutzte jede Gelegenheit, sie zu belästigen und sie musste sich ihm dann ungewollt ergeben.

Annas Schritte nach Hause wurden schneller, auch ihr hoffnungsvolles Herz begann schneller zu schlagen. Jette sollte mal ein anderes Leben haben als sie. Sie sollte keine Dienstmagd werden, eine Schulausbildung bekommen und einen Beruf erlernen. Träume, von denen sich Anna erhoffte, dass sie sich verwirklichen würden, wenn heute oder morgen die Leute, die für die letzte Tour in den Westen ausgewählt worden waren, bekannt gegeben würden.

Es war nämlich schon ein wenig herbstlich geworden. Im Nordosten des Reiches begann der Winter immer früh und deshalb war es für dieses Jahr die letzte Tour, die angekündigt worden war. Lieber war es ja dem Gesandten, nur die jungen, alleinstehenden und arbeitsfähigen Männer für den Bergbau abzuwerben als deren Familien komplett mitnehmen zu müssen, denn die Jungen fanden im Westen schneller eine Bleibe. Diese machten sich auch manchmal selbst auf den Weg. Oft waren sie dann auch bei Bekannten als Kostgänger untergebracht. Aber Anna und Hannes hatten sich geschworen, wenn, dann nur alle zusammen auszuwandern. Auch Großmutter und alle Kinder mitzunehmen, das war eben die Schwierigkeit. Sie brauchten ja in der neuen Heimat eine große Unterkunft für so viele Personen.

Heute, nach dem Gottesdienst oder spätestens morgen sollte von dem Gesandten persönlich die erlösende Botschaft kommen!

Bald hatten Anna und Jette ihr Häuschen erreicht. Großmutter hatte die letzten Kohlköpfe aus dem Garten geerntet und einen großen Gemüseeintopf davon gekocht. Die beiden ausgehungerten Fußgänger freuten sich darauf. Hannes war auch Zuhause und war glücklich, seine Frau und sein herzallerliebstes Mädchen wiederzusehen. Großmutter freute sich über den bunten Wiesenblumenstrauß, den Jette unterwegs für sie gepflückt hatte. Bald nach dem gemeinsamen Essen wurde die Wohnung für den abendlichen Treff vorbereitet.

Der Prediger kam. Vorher hatten sich schon die Nachbarn mit ihren beiden Jungen zum Gebet eingefunden. Die Fenster waren zugehängt. Alle Kinder saßen unter dem riesengroßen Küchentisch. Diesen hatte Großvater, der zu Lebzeiten Schreinerarbeiten verrichtet hatte, für seine große Familie angefertigt. Er hatte auch andere Möbel angefertigt, aber er war inzwischen schon gestorben. Es wäre ihm eine Freude gewesen, wenn er seine Tochter und Hannes, die Enkelkinder, besonders aber seine Witwe und die Nachbarn mit den Kindern in dieser Tischrunde erlebt hätte.

Innig, voller Dankbarkeit bat man um Gottes Barmherzigkeit. Man schloss die Augen oder schaute auf die gefalteten Hände und betete. Zum Schluss bat jeder um Vergebung aller seiner Sünden. Nach dem Abendlied gingen die Kinder in ihre Schlafecken, auch die Jungen aus der Nachbarschaft durften über Nacht bleiben. Die Erwachsenen hörten noch zu, wie der Prediger einen Bibelvers deutete. Diese Einigkeit im Glauben gab ihnen allen das Vertrauen, was sie bei der anschließenden Besprechung noch brauchten, welche die Kinder aber nicht mithören durften.

Leise Gespräche, Hoffnung, Spannung und vielleicht auch Enttäuschung? War es heute soweit? Waren die Papiere und die Zugfahrkarten da? Anna und Hannes hielten sich, für die anderen unsichtbar, unter der Tischplatte fest an ihren Händen. Die Großmutter, Anna, Hannes, ihre vier Kinder, Rudi und Karl Friederich aus der Nachbarschaft sollten alle auf einmal mit. Die Jungen, alle fünf, wären bald soweit, dass sie im Bergbau arbeiten könnten und Hannes natürlich auch.

Die Spannung war jedoch kaum auszuhalten, bis der Prediger im Auftrag des Gesandten seine Aktentasche öffnete und die niederschmetternde Nachricht verkündete. Sie bekamen erneut eine Absage, weil noch kein Wohnraum in Westdeutschland für sie gefunden worden war. Also wieder keine Papiere, wieder keine Reise! Noch ein eiskalter Winter lag nun wieder vor ihnen! Aber die Hoffnung blieb. Sie bekamen jedoch eine feste Zusage von dem Gesandten für den nächsten Frühling. Die Enttäuschung bei Anna und Hannes war groß, aber man nahm es als von Gott so gewollt hin.

Wieder, es war schon September, zogen sie mit dem Leiterwagen zu Annas Schwester, um die Botschaft zu verkünden. Wieder wurde der Wagen vollgepackt, damit sie diesen Winter noch ohne Hunger überleben könnten. Es wurde die letzte, trotz allem fröhliche, wenn auch wehmütige Fahrt zu Annas Schwester und zurück nach Hause. Großmutter war dieses Mal auch dabei. Sie wollte sich von ihrer Tochter Charlotte verabschieden, denn sie war fest entschlossen, mit Anna und ihrer Familie neue Wege zu gehen. Wird es ein Abschied für immer sein? Würden sie sich in diesem Leben noch einmal wiedersehen? Besonders zwischen Mutter und Tochter war der Abschied sehr schwer.

Die Kälte des Winters war kaum zu ertragen. Ende Oktober lag schon Schnee. Die kurzen, trüben Tage des Novembers und vor Weihnachten waren bedrückend, wurden aber von Hoffnung auf die Ausreise hochgehalten. Das Schlimmste war, dass sich Großmutter mit einer Lungenentzündung herumplagte. Husten, Appetitlosigkeit und von all dem die Kraftlosigkeit, ließen die alte Frau nur überleben, weil sie unbedingt ihre große Reise in eine neue Zukunft antreten wollte. Sie hatte Sehnsucht nach ihren Söhnen, die alle schon verheiratet waren und Kinder hatten, die sie gerne kennenlernen wollte.

In dieser schwierigen gesundheitlichen Situation wurde die alte Frau liebevoll von ihrer Tochter und Jette gepflegt. Sie trank viel, aß von dem eingekochten Obst und genoss das warme Lager, das man ihr ganz nah am Ofen aufgebaut hatte. Kurz vor Weihnachten war Großmutter zwar noch schwach, aber das Schlimmste war überstanden. Sie backte mit Jette Plätzchen und abends tranken sie Pfefferminztee. Sie rückten alle eng zusammen und schmiedeten Pläne für ein Leben, das sie sich noch gar nicht so genau vorstellen konnten.

Der Werber war Großmutters Vertrauter. Er war derjenige, der ihre drei Söhne schon bei den Zechen in Westfalen untergebracht hatte. Er hatte ihr beim letzten Mal im Frühling erzählt, dass alle in Tag- und Nachtschicht vor Kohle arbeiten würden, dass sie alle Wohnungen hätten und Frau und Kinder. Großmutter konnte es kaum erwarten. Sie malte sich aus, wie die Kinder im Westen des Reiches wohl Weihnachten feiern würden. Sie wusste, dass ihre Söhne glücklich wären, wenn sie eines Tages ihnen ganz nah sein würde und nicht tausend und mehr Kilometer weit weg. Dieser bereits bekannte Werber war die Hoffnung für ihren Lebenswunsch, den sie noch offen hatte. Nur noch wenige Wochen, solange würde das Holz und sonstige Vorräte reichen. Ganz eingeschneit war das kleine, bescheidene Häuschen, das ihr verstorbener Mann einmal gebaut hatte. Hätte nicht manchmal der Schornstein gequalmt, man hätte vor lauter Schnee kaum das Haus gesehen. An den Fensterscheiben überraschten dicke Eisblumen.

Anna war jetzt viel Zuhause. Durch die riesigen Schneemassen gab es keine Verbindung zum Gutshaus. Vielleicht wollten auch die Herrschaften in Ruhe das Weihnachtsfest gestalten. Anna genoss jede freie Stunde ohne Knechtschaft.

So ein richtiges Familienleben, wohltuend und warm, spielte sich jetzt in ihrem Haus ab. Sie feierten Weihnachten, alle sieben zusammen.

Sie hatten noch den dicken Schinkenbraten, den Hannes bei der letzten Schlachtung bekommen hatte. Er hatte ihn dick eingesalzen und haltbar gemacht. Das gepökelte Fleisch brutzelte und Pellkartoffeln wurden gekocht, um Klöße daraus zu machen. Das Sauerkraut wurde aus dem Fass geholt und gekocht.

Das leckere Essen reichte für alle Feiertage. Man hatte Kerzenlicht an und duftendes Tannengrün in der Wohnung, welches man kunstvoll, tannenbaumähnlich zusammengesteckt hatte.

Großmutter las die Weihnachtsgeschichte. Sie sangen Weihnachtslieder, besonders gerne „Stille Nacht, heilige Nacht" und „Oh, Tannenbaum, oh, Tannenbaum." Den festen Glauben an Gott hatten sie alle tief in sich. Er gab ihnen oft in Verzweiflung die Kraft und jetzt die Hoffnung auf das Gelingen der Auswanderung. In Liebe waren sie vereint und diese Liebe füreinander ließ ihre Herzen erwärmen. Wieder schlossen sie, wie schon so oft, ihre Wünsche in ihre Gebete ein.

Besonders Annas Wunsch war stark. Sie wollte so und hier nicht mehr weiterleben. Sie glaubte, dass man manchmal im Leben Situationen ändern muss. Wenn man die Gelegenheit hat, dann muss man einfach zugreifen und sich nicht lange fragen, ist es richtig oder falsch. Mut muss man haben, sonst würde sich nie etwas ändern, dachte sie. Mut war in ihrer Wut gewachsen, als ihr immer wieder Ausnutzung und körperliche Erniedrigung widerfahren war, Tag für Tag.

Was ihre Mutter da geplant hatte, nur zusammen auszuwandern, genauso hatte sie sich das gewünscht. Aber sie hatten nie zu hoffen gewagt, dass so etwas je eintreten könnte. Das Wichtigste war ihr, dass die Familie zusammenbleiben würde. Sie war ein gebranntes Kind, das lange überhaupt nicht wusste, was eine Familie ist. Sie hatte jetzt einen Platz gefunden. Auch Hannes hatte sich mit der Situation angefreundet und ließ die Frauen gerne mit organisieren.

Besonders Großmutter fühlte sich schuldig und hatte zugesehen, dass die Auswanderung gelingt. Sie hatte Anna als Kind bei dem grausamen Ortelsbruck abgeliefert, deshalb lag es ihr so sehr am Herzen.

Die Kinder waren voller Spannung und Vorfreude. Von den Sorgen der Erwachsenen wussten sie Gott sei Dank nichts. Von heute auf morgen, wenn die Nachbarn ihre beiden Jungen gebracht hätten, würde der Leiterwagen gepackt werden und sie würden zum Bahnhof laufen. Es fehlten nur noch die kostenlosen Fahrkarten und der Termin.

Als die Tage vor Weihnachten länger wurden, schafften sie es nur mit der Vorfreude auf ihre Reise, den noch kälteren Januar und Februar zu überstehen. Die Wasserpumpe war trotz dicker Umwicklung zugefroren. Schnee wurde in dem Kochtopf aufgetaut und von dem Wasser Pfefferminztee gekocht. Im Backofen wurde immer wieder Brot auf Vorrat gebacken, so dass im Fall einer plötzlichen Reise, die zwei bis drei Tage dauern könnte, neun Personen ohne zu Verhungern ihr Ziel erreichen könnten.

„Mutter," sagte Hannes, „wir schaffen es, wir lassen alles hinter uns!". Von dem wenigen Hab und Gut, das sie besaßen, wollte sie sich nicht so ganz trennen. „Das einzige, was ich gerne mitnehmen würde, das wäre meine schöne Gartenbank, die Großvater geschreinert hat und der große Tisch liegt mir am Herzen", sagte sie in ihrer masurischen Mundart. Ostpreußen gehörte zwar zum Deutschen Reich, war aber ein buntes Völkergemisch auch aus Polen, Russen und Menschen aus den baltischen Staaten. Hier sollte man ausschließlich deutsch sprechen, das bestimmte eine Verordnung.

Als wollte Hannes seiner Schwiegermutter Trost und Dankbarkeit aussprechen, sagte er zu ihr: „Den Leiterwagen hat Großvater auch gebaut und das Häuschen. Das hat uns allen gute Dienste getan und unser Leben erhalten. Er war sehr geschickt. Wir werden den Wagen am Bahnhof stehen lassen. Unser Neffe wird ihn abholen und darf ins Häuschen ziehen. Das wird deine Tochter Charlotte freuen, sie hat uns schon so viel unterstützt. Ihr Sohn ist gerade Vater geworden und braucht ein neues Zuhause. Wir haben unser Ziel bald erreicht, du hast mit deinen Verhandlungen gute Erfolge gehabt."

Als wenn es berechnet gewesen wäre; alle Vorräte, bis auf das Mehl für das Brot, waren aufgebraucht. Dann kam die erlösende Nachricht! Es lag ein Hauch von Frühling in der Luft, die Tage wurden schon ein bisschen länger, da brachte der Werber aus Westfalen die Karten mit dem Fahrplan fürs Umsteigen persönlich vorbei.

Bei Nacht und Nebel zogen sie los, Großmutter, Anna, Hannes, ihre drei Jungen, Jette, die zwei Nachbarjungen und der Werber. Sie trafen im nächsten Ort noch auf eine andere Gruppe. Alle trugen warme Kleidung. Alles was sie hatten, wurde angezogen, sogar übereinander. Holz- oder Lederschuhe und gestrickte Socken hatten sie an, Mützen und Schals. Umhängetaschen und Rucksäcke stopften sie voll mit Proviant. Großmutter und Anna hatten diese aus allen noch vorhandenen Stoffen selbst genäht. Darin wurde auch wichtiges Hab und Gut verpackt, ganz besonders das Gesangbuch und die Bibel. Jeder trug sein persönliches Vorratspaket aus Essen und Trinken selbst.

Großmutter und Jette saßen auf Stroh und in warmen Decken eingepackt im Leiterwagen. Der nächste Bahnhof in der Stadt war kilometerweit entfernt, sie wohnten ja auf dem Land. Bis zum nächsten Morgen würden sie laufen müssen, um pünktlich den Zug zu erreichen.

Es war, als würden sie von einer Woge der Freude getragen, so leicht empfanden sie den Weg in der Dunkelheit. Sie warfen keinen Blick zurück, sie wollten kein Zurück! Schnell, ohne viele Worte zog die Wandergruppe ihrem Ziel entgegen. „Wenn wir doch schon endlich im Zug sitzen würden", hoffte Anna. Hannes hatte in seiner Brusttasche alle Fahrkarten und Bescheinigungen verstaut, wie der Werber aus dem Westen es ihm geraten hatte.

Der Treck war noch größer geworden. In der nächsten Stadt war der Bahnhof. „Bloß nicht an einem Gutshaus vorbei, unauffällig bleiben!" sagte Hannes. Er kannte alle Häuser. Durch seine Schlachterei war er hier oft unterwegs gewesen und natürlich vielen Leuten bekannt. Hier zog er immer seine Kreise und war daher jetzt der Führer der Kolonne. „Einfach nur folgen". Er kannte alle Wege. „Und möglichst keine Unterhaltung, wir sind bald am Ziel." Die Jungen befolgten gerne diesen Rat. Sie waren voller Hoffnung und kribbelnder Erwartung. Sie hatten ihre Schulzeit absolviert und würden bald im fernen Westfalen ihr eigenes Geld verdienen! Jette müsste im nächsten Jahr in der Schule angemeldet werden. Sie schlief jetzt. Großmutter lief zwischendurch neben dem Wagen her, weil sie sich wegen der Kälte bewegen musste. Sie hatte zuvor schon ein Nickerchen im Sitzen gemacht, und sie wollte jetzt auf keinen Fall das schlafende Kind stören. Im Zug wollte sie den versäumten Schlaf nachholen.

Es wurde langsam hell, man sah nun die Stadt, die von einer Kirche überthront wurde. Anna hatte noch nie eine Stadt gesehen, nicht einmal bei ihrer Hochzeit. Sie kannte nur Wald und Wiesen, das Herrenhaus und ein paar kleine Häuschen im Ort, wo ihre Schwester wohnte. Erstaunt war sie über das Leben und Treiben hier. Gaststätten hatten geöffnet und eine Bäckerei, weil man wusste, dass der Treck so früh kommt. Aus der Bäckerei kam ein leckerer Duft. Sie atmete ihn tief ein. „Nie mehr zurück, ich will erst im fahrenden Zug sitzen," seufzte sie immer wieder. „Nie mehr zu Ortelsbruck."

Als sie endlich auf ihren mitgebrachten Wolldecken im Zug saßen und nach rechts und links aus den Fenstern schauen konnten, strahlten sich alle gegenseitig glücklich an. Langsam setzte sich der Zug in Bewegung und Anna sah zum ersten Mal in ihrem Leben, dass es außer Guts- und Waschhaus, Großmutters Häuschen, ein paar Nachbarhäuschen, dem kleinen Ort, wo ihre Schwester Charlotte wohnte, noch unendlich viele Wälder, Wiesen und Kornfelder und etwas anderes gibt. Kleine Städte, große Städte, Bahnhöfe, Seen, Flüsse, Kaufhäuser, Gaststätten, alles rauschte in Sekundenschnelle an ihren Augen vorbei. Sie musste alle diese Eindrücke erst einmal in sich aufnehmen und überglücklich und überrascht kommentierte sie lautstark und steckte ihre Familienmitglieder mit ihrer Freude an.

Plötzlich wurde sie still und sich dessen bewusst, dass ihre Gebete erhört worden waren. Sie fuhr in ein anderes Leben. „Ich habe es geschafft", dachte sie erleichtert. „Niemand herrscht mehr über mein Tun und meinen Körper". Hannes saß neben ihr. Er nahm ihre Hand, als wenn er gespürt hätte, welche Gedanken durch ihren Kopf gingen.

Zeitgleich schaute er auf seine Taschenuhr und sagte: „Beim nächsten Bahnhof müssen wir zum ersten Mal umsteigen." Annas Tränen kullerten jetzt unaufhaltsam. Es war kein Abschiedsschmerz, es war Erlösung und Freude, eine schwere Zeit überstanden zu haben. Sie dachte, „Bin noch lange keine vierzig, die nächste Hälfte meines Lebens soll besser werden, selbstbestimmt, frei von Zwängen und Unterwürfigkeit". Sie hatte zum ersten Mal das Gefühl, Leben zu spüren, obwohl sie schon vier Kinder geboren hatte. Es war so ein Gefühl von eigenem Leben, das sie bereit war, jetzt zu meistern.

Am nächsten Bahnhof hatten sie jetzt eine Stunde Zeit für sich, bis der nächste Zug kam. Hannes hatte auf dem Bahnsteig für Großmutter einen Sitzplatz besorgt. Anna ging jetzt auf ihn zu, nahm ihn fest in den Arm. Wieder kullerten ein paar dicke Tränen. Es waren Tränen von Dankbarkeit und Entschuldigung zugleich. Obwohl sie es gar nicht nötig hatte, Schuldgefühle zu haben. Selten war mal bei Anna und Hannes die Zeit für solche Zweisamkeiten übrig, in der es nicht nur darum ging, Gefühle zu befriedigen oder seinen Tagesablauf zu schaffen. Sie konnte sich jetzt ohne Worte fallen lassen mit all ihren Gefühlen des gegenseitigen Verstehens. Sie wollten sich gar nicht mehr loslassen. Sie weinten vor Glück, bis Jette diese Tränen als Trauer deutete und fragte, was los sei. „Das sind Freudentränen, mein Schatz. Ich freue mich so sehr auf unser neues Zuhause," sagte Anna.

Sie wussten alle noch nicht so genau, was man in Westfalen unter einer Wohnung verstand oder unter einem halben Haus, was sie bekommen sollten. Arbeit und Schule sollten in der Nähe sein. Großmutter war jetzt stolz: „Ob alles so läuft, wie wir uns das vorstellen, werden wir sehen. Aber wir haben einen guten Glauben daran." Großmutter hatte viele Informationen. Sie wollte Anna beweisen, dass sie eine gute Mutter ist. Dieses Schuldgefühl, ihr Kind abgegeben zu haben, das musste sie in diesem Leben noch loswerden. Großvater wäre stolz auf sie gewesen. Die ganze Kinderschar stand um die alte Frau herum und sie alle wollten etwas von ihr wissen. Sie sahen sie als Heldin an.

Während der langen Fahrt schmiedeten sie ihre ersten Zukunftspläne. In einem Haus aus Steinen gebaut werden wir wohnen, alle zusammen. Vier Zimmer und eine Küche werden wir haben: einen Keller für Kohlen und Kartoffeln, einen Stall für ein Schwein, einen Schuppen für Fahrräder und Geräte und wie Zuhause in Ostpreußen einen kleinen Gemüsegarten." Erst jetzt konnten sie glauben, dass es wahr werden könnte, in einem richtigen Haus zu wohnen, einen Ofen zu beheizen mit Kohlen, die viel, viel länger brennen sollten als das Holz, welches sie bisher gekauft oder sich erarbeitet hatten. Die Jungen fingen an, vor Freude herum zu hüpfen und sich um die Zimmeraufteilung zu streiten. Hannes begann, die Zimmer einzuteilen.

„Großmutter und Jette, Mutter und ich ziehen jeweils in einen Raum. Ihr fünf Jungen müsst euch zwei Zimmer teilen." „Wir werden sehen," sagte die alte Frau, die schon lange einiges an Geld gespart hatte und es in ihrer Brusttasche sicher verwahrt fühlte. „Möbel brauchen wir auf jeden Fall. Betten, Tisch, Stühle und vor allen Dingen einen Ofen zum Kochen und Wärmen." „Vielleicht sitzt noch ein Fahrrad dran. Ich war auch sparsam", sagte Hannes. „Vielleicht muss ich zur Zeche fahren." „Die Jungen auch", mischte sich Anna ein, die nach einigen Schweigeminuten wieder in der Wirklichkeit angekommen war, „wartet ab, eure Eltern haben mir Geld für Betten mitgegeben, wenn noch etwas übrigbleibt, überlegen wir, ob es für euch auch noch für zwei Fahrräder reicht."

Der ankommende Zug riss sie aus ihren Gedanken und Überlegungen. Umsteigen war nun wieder angesagt. Weil sie so weit außerhalb wohnten, hatten sie noch nie vorher einen Zug gesehen, geschweige denn in einem gesessen und jetzt durften sie in diesem tollen Gefährt gleich zwei Nächte und drei Tage verbringen. „Wenn wir im nächsten Zug sitzen, packen wir unsere Butterbrote aus und trinken etwas", sagte Anna. Keiner hatte bisher daran gedacht von Hunger oder Durst zu sprechen. Das Abenteuer Zug und das Reisen durch ein unbekanntes Land hatten solche Gedanken gar nicht aufkommen lassen. Selbst die soeben aufgekommene Hoffnung, bald in einem eigenen Bett liegen und schlafen zu können, ging allen durch den Kopf und keiner wusste so recht, wie zukünftig alles werden würde. Jeder beschäftigte sich mit seinen eigenen Vorstellungen und malte sich eine wunderschöne Zukunft aus.

Als sie in den anderen Zug umgestiegen waren und ihre Plätze eingenommen hatten, aßen sie ihre Brote und tranken den Tee, den sie für die lange Reise mitgenommen hatten. Langsam wurde es dunkel, der erste Reisetag war fast geschafft. Nur hier und da sah man bei der Vorbeifahrt mal ein elektrisches Licht aufleuchten, welches aber schnell wieder verschwand. In der Nacht lagen sie abwechselnd auf den harten Holzbänken. Sie hatten die Knie angezogen und ihre Taschen unter dem Kopf liegen. Unter dem ständigen Hin- und Herrütteln der Waggons und den eintönigen Geräuschen, die jedes Mal dadurch entstanden, wenn der Zug über die Schienenansätze fuhr, fielen ihnen die Augen zu. Manchmal, wenn der Zug in einen Bahnhof einfuhr, hoben sie den Kopf. Sie schauten sich um, wussten aber immer recht schnell, wo sie gerade waren und schliefen dann ruhig weiter. Bis zum nächsten Umsteigen, das sie nicht verpassen durften, hielt Hannes wie ein Beschützer über alle wachend auch seine Taschenuhr im Auge. Anna hatte ihren Kopf auf seine Schultern gelegt und war im Sitzen eingeschlafen. Hauptsache Oma und die Kinder konnten liegen.

War es die Morgensonne, war es der nahe Frühling oder das Landesinnere, was Hannes glauben ließ, dass es plötzlich nicht mehr so kalt war? Das nordöstliche Preußen hatten sie hinter sich gebracht und waren schon ein kleines Stückchen ins Landesinnere unterwegs. Hannes Augen in seiner Wächterposition hielten an der aufgehenden Sonne fest. Mit seinen beiden Armen, wären sie lang genug, hätte er am liebsten seine acht Leutchen umschlungen. Diese hatten sich auf den rechts und links vom Gang gegenüberliegenden Bänken verteilt.

Die erste Nacht war geschafft. Die Trillerpfeife des Schaffners weckte alle auf. „Nächster Bahnhof Endstation! Alle aussteigen zur Weiterfahrt!" Gegen Mittag hatten sie fast die Hälfte der Strecke geschafft. Langsam, mit schweren Beinen, kletterten sie mal wieder aus dem Zug. Dieses Mal war es ein großer Bahnhof mit Toiletten und Handwaschbecken und einer kleinen Gaststätte, wo man ein warmes Getränk bekommen konnte. Jeweils zwei von ihnen teilten sich ein heißes, wohltuendes Getränk. Jettchen war unausgeschlafen, sie trank von Mutters Getränk ein paar Schlückchen mit. Sie fragte immer wieder: „Wie lange noch?" Die Jungen tobten sich warm und rannten am Bahnsteig im Wettlauf gegeneinander hin und her. Rudi, einer von den Nachbarjungen, hatte ein bisschen Heimweh und setzte sich auf Großmutters Schoß. „Kommen meine Eltern nach?" „Bestimmt - eines Tages, und bis dahin bist du unser Kind". Großmutter liebte jedes Kind.

Noch einen ganzen Tag und eine ganze Nacht und zum Schluss noch einen halben Tag würden sie im Zug verbringen müssen und insgesamt noch zweimal umsteigen, dann wäre das Traumziel erreicht. Sie fühlten sich unsauber, hungrig und müde, aber sie munterten sich gegenseitig auf.

DAS WESTFALEN DER ZECHEN

Am zentralen Ankunftsbahnhof war ein großer Empfang vorbereitet und alles gut organisiert. Für die übernächtigten Neuankömmlinge wartete die erste warme Mahlzeit nach drei harten Tagen auf sie. Erbsensuppe gab es aus einem großen Einkochkessel, so viel sie Hunger hatten und essen konnten. Endlich richtig sattessen und wieder warm werden, durchatmen und bis zum Aufruf sitzenbleiben, war nun von den Organisatoren gewünscht. Dann wurden endlich ihre Namen aufgerufen und mit einem Pferdewagen wurden die neun Personen zu ihrer Unterkunft gefahren. Hier gab es einen ganz großen Empfang für Großmutter.

Zwei ihrer Jungen hatten sich mit ihren Familien als Überraschung zur Begrüßung eingefunden. Umarmungen, Tränen, Ausrufe der Freude bei den Erwachsenen hörten nicht auf. Die Kinder rannten in der leeren Wohnung hin und her. Gemeinsam überlegte man, wie man bei den drei Geschwistern von Anna für drei Tage jeweils drei Personen unterbringen könnte. Drei Tage gab man sich Zeit zum Orientieren, Anmelden, die nötigsten Möbel einzukaufen sowie Lebensmittel, Töpfe, Teller, Tassen und Besteck zu beschaffen.

Dann schon ging es für Hannes und die fünf Jungen zum Empfang der Neuankömmlinge zur Zeche und gleich am nächsten Tag an die Arbeit. Für die jungen Leute gab es Schulungskurse und eine kurze Knappenausbildung vor Ort. Viele Sicherheitsvorschriften mussten beachtet werden.

Das erste große Abenteuer war, mit dem Gitteraufzug in den tiefen Schacht zu fahren. Alle waren aufgeregt, stark beeindruckt und manchmal sogar ein bisschen beängstigt von den Gewölben unter der Erde und dem ersten Blick und Gang in einen Streb. Dort wo es an die eigentliche Arbeit ging, dem Abbau der Steinkohle.

Auf dem Weg dorthin kamen ihnen mehrere Waggons, die von Pferden gezogen wurden, entgegen. Diese bewegten sich weiter Richtung Schacht. Im Strebeingang angekommen, entdeckten die jungen Männer die aufgehängten Jacken, die Butterbrotdosen, die aus Aluminium angefertigt waren und die Getränkeflaschen der dort arbeitenden Bergleute. Alles musste hoch aufgehängt werden, damit die Mäuse nicht darankamen und alles anknabbern konnten. Besonders bedrückte die Neuankömmlinge die Enge und die Dunkelheit im Streb. Unsicherheit und erste Angst kamen auf, was wohl noch alles auf sie zukommen würde. Allein den Staub und die Hitze empfanden sie schon als unerträglich und dann sollten sie noch körperlich schwer arbeiten. Es kostete die Neuen eine große Überwindung, überhaupt einen Schritt dort hineinzugehen.

Damit die Bergleute überhaupt atmen konnten, wurde über einen Wetterschacht Frischluft nach unten gepumpt. Die Luftfeuchtigkeit war hoch. In der Dunkelheit konnte man kaum etwas sehen. Das Atmen war beschwerlich. Rudi war mit seinen Nerven total fertig und hielt sich an seinem Bruder fest.

In den Streben wurde lautstark mit Spitzhacken, später mit Abbauhämmern und Schrämmaschinen in harter, schmutziger Arbeit der Abraum mit Kohlen und Steinen aus den Wänden gebrochen. Häufig mussten die Bergmänner auf den Knien liegend schuften, weil der Streb nicht hoch genug war, um gerade darin stehen zu können. Alles Abgebaute, das waren die schmutzigen Kohlen und das mit abgefallene Gestein, fiel auf die Schüttelrutschen, wurde in die Loren verladen und weiterbefördert. Die beladenen Loren, so nannte man die Waggons, rollten auf Schienen, von Pferden oder wie in manchen Zechen schon von einer Lokomotive gezogen, bis zum Schacht.

Der Förderturm mit seinen starken Stahlseilen stand über Tage. Er war Tag und Nacht in Betrieb. Fast ununterbrochen zog er aus der Tiefe des Schachtes die Waggons ans Tageslicht und transportierte die leeren wieder nach unten. Zwischendurch wurde die Kohleförderung bei Bedarf kurz stillgelegt, wenn die Bergleute in den Schacht bei Schichtbeginn ein- und bei Schichtende wieder ausfuhren. Diesen Betrieb nannte man Seilfahrt.

Waren die Loren oben angekommen, wurden sie ausgekippt, einige Kohlen wurden gelagert, und bevor die größere Menge der Kohlen in die großen Eisenbahnwaggons oder in Schiffen verladen wurden, wurden Steine und Kohlen in der Waschanlage voneinander getrennt und nur die reinen Kohlen wurden in andere Regionen transportiert. Die Steine lagerte man auf riesigen Abraumhalden, die nach und nach wie Berge in den Himmel wuchsen.

Die Arbeit der Bergleute war hart und gefährlich. Ein Knappe musste während der Arbeit auf den anderen aufpassen und sich total auf ihn verlassen. So entstand der Begriff des Kumpels. Es war täglich wirkliches Glück, wenn der Bergmann unversehrt nach getaner Arbeit das blendende Tageslicht sah, sich duschen und durchatmen konnte.

Rund um die Augen, in den Ohren, in der Nase und unter den Fingernägeln waren die Reste des Kohlenstaubs noch zu sehen, wenn die Bergleute nach Hause kamen. Sie hatten vorher stundenlang unter schwierigsten Bedingungen im dunklen Streb gearbeitet, oft bis hin zu 600 m Tiefe, später sogar bis ca. 1000 m Tiefe. Seine Grubenlampe half dem Bergmann bei der Orientierung.

„Glück auf, Glück auf, der Steiger kommt," das Bergmannslied hat deshalb seine Berechtigung und Bedeutung.

Stolz waren sie, die Bergleute, für ihre Familien ausreichendes Geld zu verdienen, womit sie sich und ihre Angehörigen gut ernähren konnten. Sie hatten sich nach und nach solide Möbel angeschafft, bequeme Matratzen und Oberbetten in ihren Schlafzimmern, konnten sich Kleidung und Schuhe kaufen, manchmal sogar ein Mofa. Sie lagerten Eingekochtes und andere Lebensmittel in ihren Vorratskammern für schlechte Zeiten. Sie hatten ein Schwein im Stall. Mit der Deputatkohle, die jeder Bergmann bekam, heizen zu können, das war der neue Reichtum.

Überall qualmten die Schornsteine der Zechenhäuser. Schnell hatten die verputzten Fassaden den Ruß in sich aufgesogen und wurden dunkel. Auch die Wäsche, die draußen trocknete, nahm diese schmutzigen und schmierigen Rußpartikel auf und hatte davon manchmal sogar viele kleine, schwarze Fleckchen. Aber das war der Charakter der Siedlungen, rauchende Schornsteine, die Treppe oder Bank vor dem Häuschen, wo man saß und der Gartenzaun, über den ein Schwätzchen mit dem Nachbarn gehalten wurde.

Draußen war Freiheit. Man ging sonntags zur Kirche, traf sich in Kneipen zum Frühschoppen. Viele junge Bergleute meldeten sich im Fußballverein an. An Wochenenden ging man zum Fußballplatz, wo der eine Zechenverein gegen den anderen spielte. Man ging mal ins Kino und mal tanzen, so wie gerade das Geld reichte. Die Mädchen, die einen Bergmann zum Freund hatten, wurden häufig eingeladen. Sie brauchten nicht zu zahlen. Die jungen Bergmänner waren so stolz, dass sie ihren Freundinnen etwas von ihrem hart verdienten Geld bieten konnten.

Die Hausfrauen trafen sich beim Einkauf im Tante-Emma-Laden. Einige Male in der Woche fuhr auch der Kartoffelwagen, der von Pferden gezogen wurde, durch die Straßen. Der Händler bimmelte mit einer großen und lauten Glocke und machte so auf sich aufmerksam. Die Leute kamen aus dem Haus und der Kartoffelwagen hielt an. Der Händler wog die gewünschte Kartoffelmenge mithilfe von zwei Waagschalen ab. Auf die eine stellte er die Gewichte, die er immer in verschieden Kilos dabeihatte und auf die andere legte er die Ware. Solange bis sich beide Waagschalen auf gleicher Höhe befanden. Um das Gleichgewicht zu erzielen, legte er bei Bedarf Kartoffeln nach oder nahm einige wieder weg. Während dieser Zeit plauschten die Nachbarinnen untereinander. Manche erzählten ihre Sorgen, andere Frauen übertrieben ein bisschen, mal mehr mal weniger. Frau ging nicht arbeiten, Frau war Hausfrau!

Anna und Hannes hatten sich schnell integriert. Die Männer fuhren alle zu verschiedenen Zeiten zum Pütt. So nannten die Kumpels ihre Zeche. Jeden Tag freuten sich alle wieder auf ihr schönes Zuhause, was von Tag zu Tag wohnlicher wurde. Schnell verging die Zeit bei den vielen neuen Eindrücken. Doch es gab einen Tag, den die fünf Jungen und Hannes niemals mehr vergessen würden. Es war dieses erste Mal, als sie ihr selbst verdientes Geld in den Händen halten durften. Großmutter und Anna kauften beim Bäcker, beim Gemüse- und Kartoffelhändler und im Lebensmittelladen die leckersten Sachen ein. Sie kochten, aßen und tranken mit großer Freude. Auch Kleidung wollte man sich kaufen. Sie planten, was man außer der Miete und Nahrung noch zusätzlich sparen könnte. Am Sonntag, als die Kirchenglocken läuteten, gingen alle, die nicht arbeiten mussten, zur Kirche und dankten Gott. Sie hatten sich alle an das Leben in der Zechensiedlung gewöhnt.

Großmutter erlebte ihre schönsten Jahre. Ihre Jungen, denen es finanziell schon sehr gut ging, erfreuten sich der Bescheidenheit ihrer Mutter und ihrer Anwesenheit. Sie waren so stolz, dass sie ihr mal etwas Schickes kaufen, oder sie mal zu einem besonderen Ausflug einladen konnten. Der absolute Höhepunkt in Großmutters Leben war, einmal den Kaiser gesehen zu haben. Es war in einer Nachbarstadt an einem schönen See, wo der Kaiser mit seinem Gefolge in der Nähe eines großen Stahlwerkes durch die Straßen ritt. Die Menschen an den Straßenrändern jubelten ihm zu,-unter ihnen auch Großmutter.

Zwei ihrer Jungen hatten sie hierher mitgenommen. Sie war so frei und glücklich. Sie wusste nicht die Hintergründe, warum der Kaiser in dieser Stadt war, sie wäre sonst nicht so glücklich gewesen. Der Kaiser aber genoss noch zu dieser Zeit die Hochachtung seiner Untertanen. Er war fromm und auch ein guter Familienmensch. Mit seiner Ehefrau hatte er sieben Kinder. Er war sehr gläubig, duldete aber alle verschiedenen Konfessionen. Für die Bergarbeiter, die ihm und seinem Land den Reichtum bescherten, setzte er sich ein, selbst wenn sie aufständisch waren, weil sie für bessere Arbeitsbedingungen kämpften. Hannes war auch bei solchen Aktionen dabei. Es wurden die ersten Gewerkschaften gegründet.

Der Kaiser regierte das Land. Hier gab es Gesetze. Nicht der Wille der Gutsherren war in diesen Regionen maßgebend. Hier bemühte man sich um Gerechtigkeit für jeden Einzelnen und Ausbildung, hier war Fortschritt zu spüren! Der Kaiser war von hoher Intelligenz und allen Wirtschaftszweigen stand er aufgeschlossen gegenüber. Es gefiel nicht allen Nachbarländern, dass Deutschland eine führende Rolle auf dem Kontinent übernahm. Sie begannen, den starken Nachbarn zu fürchten und verbündeten sich gegen ihn. Das alles war bei der arbeitenden Bevölkerung noch nicht angekommen. Es sollte alles noch ganz anders kommen, viel schlimmer als gedacht.

Anna fühlte sich in ihrem schicken, halben Zechenhaus wohl. Dort war sie der Chef, nicht mehr unterwürfig, keinem gegenüber. Sie liebte es zu kochen, backen, waschen und einzukaufen. Vor allen Dingen hatte sie immer Geld, genügend zum Essen einzukaufen. Alle schliefen inzwischen in richtigen Betten mit Federkissen und Oberbetten.

Jette kroch oft zu Großmutter ins Bett. Sie war ihre Vertraute. Die jungen Männer und Hannes hatten inzwischen alle Fahrräder um damit zur Arbeit fahren zu können. Die Herrenräder waren alle mit Mittelstangen ausgestattet. Manchmal hatte Jette Spaß, dann brauchte sie nicht zur Schule zu laufen. Dann, wenn Rudi keine Schicht hatte, durfte sie auf der Stange seines Fahrrades sitzen und wurde von ihm zur Schule gefahren. Sie unterhielten sich dabei und lachten. Kurz vor dem Schulhof sprang Jette von der Stange herunter, oft von neidischen Blicken ihrer Mitschüler begleitet.

Jette hatte eine Art, mit allen zurechtzukommen. Sie war aufgeschlossen. Wenn manchmal die einheimischen Kinder sie als Neuling kritisch betrachteten, ging sie auf die zu, hakte sich bei ihnen ein, erzählte Geschichten von ihrer alten Heimat, von dem echten Schloss, aber auch von Frieren und Armut. Niemals, auch wenn sie in kurzer Zeit die beste Schülerin ihrer Klasse war, wurde sie überheblich. Sie entwickelte sich zu der Person, der alle ihre Sorgen anvertrauten. Sie half und wusste Lösungen und verstand es, Menschen, die ihr etwas Trauriges anvertrauten, wieder fröhlich zu machen. Wenn ihre Mitschülerinnen Rat oder Trost brauchten, half sie mit ihren einfühlsamen Worten und war selbst glücklich dabei, wenn sie wieder Probleme von anderen gelöst hatte.

Alle Mädchen horchten auf, weil die Lehrerin etwas Neues zu verkündigen hatte. In der Nachbarstadt sei ein Mädchengymnasium eröffnet worden. Es war die Sensation, weil damit den Mädchen in Zukunft ohne Probleme der Zugang zu Universitäten offenstehen würde. Jette hörte gut zu und hatte von da an nur ein Thema Zuhause, sie bat um eine Chance.

Als Jette wieder einmal mit Rudi zur Schule fuhr, hatte dieser schon vorher überlegt, mit Jette ein Problem zu besprechen. Er vertraute Jette an, dass es ihm schwerfallen würde, vor Kohle zu arbeiten. Er würde viel lieber weiter zur Schule gehen. „Ich habe Angst da unten," gab er vor Jette zu. „Am liebsten würde ich weglaufen vor meinem Problem." „Heute Abend rede ich mit Großmutter," versprach Jette.

Abends lag Jette in Omas Bett und erzählte von dem Kummer, den Rudi ihr anvertraut hatte. „Er ist ja nicht mein Enkelkind," sagte Großmutter. „Seine Eltern wollen, dass er Geld verdient, und wir haben, was er bisher verdient hat, gut verwahrt. Die Eltern kommen bald, Jette." „Mutter könnte sich bei der Schulleitung erkundigen, ob da eine Möglichkeit besteht. Ich hätte es auch leichter, ich könnte mit ihm immer zur Schule fahren, der Weg ist sehr weit und im Winter ist es morgens noch dunkel, da habe ich immer ein bisschen Angst," sagte Jette. „Ich werde mit deinen Eltern reden, Jette," versprach Großmutter.

Hannes war selten Zuhause. Im Bergwerk war er dafür verantwortlich, mit den Holzbalken, die zum Teil aus den Wäldern aus Ostpreußen kamen, den Streckenausbau Untertage voranzutreiben. Die Bergleute sollten, so gut es ging, sicher im Streb arbeiten können. Er kannte die Gefahren und wollte, dass die Bergarbeiter möglichst wenig einem möglichen Strebbruch von oben ausgesetzt waren.

Er schloss sich immer wieder aufständischen Gruppen an, um für noch bessere Löhne zu kämpfen. Seine Forderungen waren gute Arbeits- und Ausbildungsbedingungen für alle Bergarbeiter. Diese waren in ihrem Eifer, Geld zu verdienen, oft nicht genug über die vielen Gefahren informiert worden. Sie sollten schriftliche Vorschriften bekommen und unterschreiben und die neuen Lehrlinge vernünftige Lehrverträge erhalten. Altersrenten sollten bedacht und ihre Krankheitszeiten sollten bezahlt werden. Weniger Arbeitsstunden und mehr Pausen sollten eingeführt werden. Der Ausbau von Gewerkschaften, Kranken- und Rentenkassen nahm nicht ohne Proteste seinen Lauf.

Anna hatte oft Angst um ihren Ehemann. Aber sie bewunderte ihn auch. „Ich tu es für euch alle," war seine Devise. Anna erzählte ihm, was Großmutter ihr wegen Rudi angetragen hatte. „Lass mich eine Nacht darüber schlafen. Heute war alles ein bisschen viel für mich. Die schwere Arbeit im Schacht und das Mitlaufen bei der Protestaktion war überaus anstrengend. Ich kann nichts mehr aufnehmen". Am nächsten Tag wäre er zur Nachtschicht eingeteilt, da hätte er ein wenig mehr Zeit.

Bevor er sich tagsüber noch einmal schlafen legte, redete er mit Anna über Jettes Wunsch in Bezug auf Rudi, denn diese hätte argumentiert, das Jungengymnasium sei in direkter Nachbarschaft zum Mädchengymnasium gelegen. Das sei ihr eine Hilfe, dann wäre sie nicht so alleine in der Nachbarstadt. „Mit dem Beginn des neuen Schuljahres werden Rudis Eltern auch hier sein", merkte Hannes an. Bei der Auswanderung standen ihre beiden Söhne schon auf dem Abreiseplan, da hatte sich noch ein Nachkömmling, ein weiterer Sohn, „angemeldet". Mit dem Baby, ohne gute Aussicht auf Wohnraum, wollten sie das Abenteuer nicht wagen. Deshalb hatten sie ihre Nachbarn gebeten, sich der beiden Jungen anzunehmen. Besonders der ältere, Karl-Friedrich, hatte jetzt schon bei der Behörde dafür gesorgt, dass für seine Eltern und Brüder bei deren Ankunft eine Wohnung bereitstehen würde. Geld hatte er auch gespart und er freute sich auf seine Familie.

Sein jüngerer Bruder Rudi hatte einen näheren Bezug zu Jettes Familie. Karl Friedrich wusste aber von dem Wunsch seines Bruders, der immer noch Untertage arbeitete. Beide Jungen waren der Meinung, dass die Eltern die Entscheidung in Bezug auf Rudis Wunsch, selbst treffen sollten. Hannes und Anna könnten es planen und sollten ihn vorsichtshalber anmelden, damit Rudi weiter zur Schule gehen könne. Jetzt sollte er seine Ausbildung zum Knappen auf jeden Fall nicht abbrechen und zu Ende bringen.

Es war wie ein Wunder, keiner aus Annas Familie hatte es gewusst. Plötzlich waren Rudis Eltern mit dem kleinen Kind angekommen. Es war gut, dass sie sofort in die Wohnung ziehen konnten, die ihr älterer Sohn schon vorab bezogen hatte. Am meisten freute sich Rudi. Er hatte ohne seine Eltern gelitten. Sein einziger Halt in seiner Verzweiflung war Jette. Nachdem sich Rudis Familie ein bisschen eingelebt hatte, wurde sie mit seinem Wunsch konfrontiert. Es war für sie kein Problem, dem Schulbesuch zuzustimmen. Der ältere Sohn war mit allen anderen Abläufen vertraut, die den Eltern aus Ostpreußen noch fremd waren. Er konnte ihnen in jeder Beziehung hilfreich zur Seite stehen. Die Eltern schauten zuversichtlich in ihre Zukunft und in die ihrer Kinder.

Für Jette gab es in dieser Zeit das schlimmste Ereignis ihres Lebens. Ganz plötzlich, sie war morgens noch zur Schule gegangen, aber als sie mittags nach Hause kam, sahen alle aus der Familie ganz verändert aus. Keiner traute sich in der Totenstille ein Herz zu fassen und Jette zu erzählen, was passiert war. Anna zog Jette fest an sich. „Du wirst auch traurig sein, mein Kind, aber heute Morgen, als du zur Schule gegangen warst, warteten wir auf Großmutter mit dem Frühstück. Als sie nicht kam, ging ich in euer gemeinsames Zimmer. Ganz ruhig und zufrieden lag Oma da. Aber sie atmete nicht mehr. Sie war für immer eingeschlafen!

Großmutter ist tot!" „Tot ist meine Großmutter?" Anna nickte. „Nein, nein, nein!" Jette schrie es heraus. Sie konnte nicht mehr aufhören zu schreien. Ins Zimmer der Verstorbenen wollte sie gehen, aber traute sich dann doch nicht. Sie stampfte mit den Füßen auf den Boden, rannte dann hin und her, schimpfend sogar auf den lieben Gott. Der Mensch, der ihr so nahestand, war tot. Zum ersten Mal in ihrem jungen

Leben wurde ihr bewusst, dass ein Mensch nicht ewig lebt und wie schwer es ist, einen Menschen zu verlieren.

Bisher wusste sie nicht einmal, was Tod bedeutet. Sie hatte es noch nie erlebt. Großmutter war ihr liebster Mensch. Anna fing ihr Kind auf und drückte es an sich. Dann kamen die Tränen und zwischendurch immer laute Rufe: „Nein, nein!" Anna ließ sie nicht mehr los, bis Jette sich in ihren Armen fallen ließ und nur noch weinte. Bei der Trauerfeier ein

paar Tage später, ging Jette nicht zur Schule. Traurig, ver-
weint, an der Hand ihrer Mutter, trat sie tapfer an das Grab
ihrer geliebten Oma und warf ein paar gepflückte Wiesenblumen auf den Sarg. Trauer und Schmerz erfüllte die ganze
Familie. Großmutter hatte ihr Lebensziel erreicht.

KAUM ANGEKOMMEN - SCHON KRIEG

Die deutsche Wirtschaft boomte. Wer aus solcher Armut kam, wie diese Leute aus Ostpreußen, der nahm jeden Fortschritt dankbar an. Man passte sich an, aber kämpfte auch für sich. Man wohnte in der schönen Zechenkolonie und hatte sein Auskommen und immer schmackhaftes Essen für die hungrigen Bergmänner auf dem Ofen. Die meisten Frauen verstanden es, ihre Ehemänner ein wenig zu verwöhnen nach deren schwerer Arbeit Untertage. Man war glücklich und zufrieden und so hätte auch immer weitergehen können.

Vieles aus dem politischen Geschehen drang aber zum fleißig arbeitenden Volk nicht vor. Es gab nur wenige Kommunikationsmöglichkeiten. Radio ja, aber nicht jeder hatte eins.

Durch Verheiratung zwischen europäischen Kaiser- und Königshäusern verschoben sich oft die Grenzen. Die Hauptsache aber war, dass keiner dem anderen gegenüber zu mächtig wurde. Doch genau das geschah. Deutschland wurde auf einmal von den Nachbarstaaten als zu stark empfunden. Es gefiel den anderen nicht, dass Deutschland auf dem Kontinent eine führende Rolle übernahm. Sie begannen, den starken Nachbarn zu fürchten und verbündeten sich gegen ihn. Es gab auf einmal Kriegslust auf allen Seiten.

Obwohl der hoch geachtete, deutsche Kaiser allen Wirtschaftszweigen offen gegenüberstand und begeistert war vom technischen Fortschritt seiner Zeit, so hatte er, obwohl er eigentlich den Frieden in der Welt wollte, nicht das richtige Händchen für die Zukunft des Deutschen Reiches. Vielleicht hatte er auch nicht die richtigen Berater.

Die Unruhe, die die europäischen Völker schürten, führte nach und nach zum Ersten Weltkrieg, der 1914 begann und auf der ganzen Erde wütete. Ein Stellungskrieg in Europa begann. In den beteiligten Staaten wurden aus den Schützengräben heraus die Gegner beschossen. In den Kämpfen an vielen, verschiedenen Fronten, forderte der Krieg 17 Millionen menschliche Opfer in Europa, Afrika, im Nahen Osten, Ostasien sowie auf den Meeren und in den unerbittlichen Luftkämpfen.

Kriegsmaterialien für Deutschland wurden in einem der größten und bekanntesten Stahlwerke der Welt produziert. Dort wurde der Stahl mit der deutschen Kohle gekocht, deshalb war der Kaiser damals dort. Er hatte da vielleicht schon über eventuelle Kriegspläne und Verteidigung seines Reiches nachgedacht und an Helme, Kanonen und andere Kriegsmaterialien, die dafür nötig wären.

Pferde, Granaten, Kanonen und zum Schluss sogar Giftgas wurden eingesetzt. Monate verbrachten die Schützen in ihren Gräben. Schliefen auf Brettern in den Gängen und hatten manchmal sogar einen toten Kameraden neben sich liegen. Dorthin bekamen die kämpfenden Soldaten auch ihre Nahrung geliefert. Das Volk, besonders Mütter und Kinder, flüchtete oft in eilends gebaute Bunker. Selbst der damals noch unbekannte Adolf Hitler war unter den Soldaten, freiwillig!

Der während des Krieges amtierende Papst, Benedikt XV, bekannt als der Friedenspapst, bemühte sich um Waffenstillstand, besonders an den Weihnachtstagen, was ihm sogar gelang. Er schlug den Kämpfenden immer wieder vor, Friedensverhandlungen zu führen. Benedikt XV organisierte und warb um humanitäre Hilfe. Er forderte Abrüstung und bat alle Völker, künftige Kriege nicht mehr zuzulassen, diese durch geschickte Gespräche und Verhandlungen zu verhindern. Nach dem Krieg bemühte sich der Papst um Versöhnung zwischen den Völkern. Den späteren Friedensvertrag zu Versailles fand er zu hart.

1917 traten die USA auch mit ihren U-Booten, Flugzeugen und auf dem Land mit ihren Truppen in den Krieg ein. Es gab 1917 mit der russischen Oktoberrevolution viel Unruhe mit Demos und Massenstreiks in Deutschland. Das Volk wurde kriegsmüde. 1918 schlossen Deutschland mit Russland Frieden und im November 1918 die Westmächte mit Deutschland unter Bedingungen, die das Deutsche Reich in seinen Grenzen kleiner werden ließ. Das Kaiserreich

Deutschland, das Zarenreich Russland, das osmanische Reich und Österreich/Ungarn standen vor dem Ende der Monarchie. Noch im November 1918 wurde in Deutschland eine Republik ausgerufen.

Das Eingreifen der USA in die europäische Politik hatte weitreichende wirtschaftliche Folgen, die letztendlich zur Inflation führten. Fast alle anderen zerstrittenen Länder führten auch keinen Handel mehr untereinander. Das führte zu hoher Arbeitslosigkeit. Es entstand eine Weltwirtschaftskrise. Überall herrschte Hunger und Not. Die Folgen konnte niemand mehr aufhalten. Eine Goldmark rechnete man 1923 in 1 Billion Papiermark um. Die Inflation, das Leid der Menschen, keine Perspektiven in Sicht, das führte allmählich zu politischen Strömungen, die eines Tages Nationalsozialismus hießen.

Aber zunächst nahm die Bevölkerung ihr Schicksal selbst in die Hand, man half sich gegenseitig, baute wieder auf. Unsere Berg- und Stahlarbeiter schufteten wieder. Die Bauwirtschaft nahm rasant ihren Lauf. Familien bauten in ihren Gärten eigenes Gemüse und Kartoffeln an, pflanzten Beerensträucher und Obstbäume. Die Bauern bewirtschafteten die Felder vor allem mit Getreide und Kartoffeln. Bald hatte man wieder ein Schwein im Stall. Bei den Familien, in denen die Männer unbeschadet den Krieg überstanden hatten, war die Not bald nicht mehr so groß. Es wurden wieder Kinder geboren.

Der gegenseitige Handel mit anderen Staaten wurde wieder aufgenommen. Man konnte nach der Hungersnot wieder positiv in die Zukunft sehen.

Auch Hannes hatte wie ein Wunder den Krieg überlebt und die Jungen waren gar nicht erst eingezogen worden.

Glück für die Familie! Da diese Familie in der Vergangenheit schon viel erlebt hatte, konnte sie jetzt gemeinsam den Krieg und seine Folgen gut überstehen. Die Not hatte die Menschen zusammengeschweißt. Man ging nicht nur wieder in die Kirche, sondern man entwickelte auch wieder Lebensfreude mit Tanz und Gesang. Die Bauwirtschaft boomte. Die Jahre vergingen wie im Flug.

HAUSBAU

Hannes und Anna erhielten die Chance, sich in der Nähe der Zeche auf einer großen Ackerfläche ein Haus zu bauen. Falls sie zur Eigenleistung bereit wären und einen Bewerbervertrag erhielten, würden sie einen Kredit von 2500 DM bekommen.

Jette war im Mädchengymnasium erfolgreich, Rudi im Jungengymnasium. Es wurden zu der Zeit viele kleine Städte gegründet. Für Sportveranstaltungen wurden Hallen und Plätze gebaut. Besonders aber waren Schulen und Kindergärten nötig. Überall wurde gebaut. Auch Anna und Hannes waren von der Aussicht bauen zu können sehr begeistert.

„Ich habe heute die Bewerbungsunterlagen für das Haus erhalten. Bei der Auswahl der vielen Bewerber wurden wir berücksichtigt." Hannes legte stolz die Papiere auf den Tisch. „Wir schaffen das!" sagte Anna. „Unsere Jungen verdienen selbst eigenes Geld und wenn Jette studieren will, wird das auch kein Problem sein." „Wie viele Ersparnisse haben wir denn überhaupt?", wollte Hannes wissen. Anna erklärte ihm: „Seit der Inflation habe ich sofort wieder gespart. Die Jungen geben Kostgeld ab und haben dann selbst noch genug Geld für sich übrig. Allein das ist schon für uns eine große Hilfe. Ich wirtschafte sehr sparsam und wir haben schon einige Ersparnisse. Hannes, du gibst morgen sofort die unterschriebenen Papiere ab. Ich freue mich so sehr."

Sie hatte wieder dieses Glücksgefühl, wie damals bei der Zugfahrt, dieses Gefühl von Freiheit, alles selbst zu schaffen, von Unabhängigkeit. Mit Hannes war sie eine Einheit und für beide waren ihre Kinder ihr höchstes Gut. Die Jungen sollten möglichst alle die Steigerschule besuchen. Hannes war inzwischen Holzmeister und bildete Lehrlinge aus. Nebenbei schlachtete er bei Bekannten Schweine und verdiente sich damit noch ein paar Mark nebenbei.

Anna gefiel sich in ihrer Rolle als Ehefrau und Mutter. Sie hatte sich eine Nähmaschine gekauft und nähte sich schicke Kleidung, womit sie auffiel. Für die Jungen flickte sie die Arbeitshosen und auch Jette profitierte von Mutters Kunst. Sie trug schicke Röcke und Blusen. Sogar einen modischen Wintermantel hatte Anna aus dem guten Wollmantel von Großmutter für sie umgearbeitet. „Ich werde in unserem neuen Haus Gardinen häkeln und Bettwäsche nähen. Wir bauen uns ein richtiges kleines Schloss", schwärmte Anna. Sie legte eine Schallplatte auf und tanzte mit ihrem Hannes nach einer Walzermelodie. Sie war überglücklich. „Nächste Woche läuft ein UFA Film mit Marlene Dietrich, Hannes, können wir uns das trotz Hausbau leisten?" „Ja, das können wir."

Am nächsten Morgen lag der unterschriebene Bewerbervertrag beim Amt. Beide Eheleute konnten den Beginn der
Baumaßnahme kaum erwarten. Gewiss wohnten sie in einem halben Zechenhaus zur Miete und hatten die ganz
große Verbesserung nach dem ärmlichen Zuhause in Ostpreußen schon einige Jahre genossen. Aber etwas Eigenes zu
schaffen, rund ums Haus gehen zu können, den Garten nicht
mehr mit den anderen Mietern teilen zu müssen, etwas Blei-
bendes für die eigene Familie zu haben, wo die Kinder später immer einen Anlaufpunkt haben würden, das war das
neue Ziel der Freude, das man nun kaum noch erwarten
konnte.

Anna, die in ihrer Jugend getreten und gedemütigt worden war, hatte sich jetzt schon zu einer angesehenen und
selbstbewussten Frau entwickelt, die sich in der Kirche en-
gagierte und aus Dankbarkeit Gutes für die Gemeinde tat.
Damit wollte sie sich für das neu gewonnene, selbsteroberte
Leben bedanken. Sie sang im Kirchenchor, brachte Frauen
das Nähen bei, obwohl sie nie eine Ausbildung dafür gemacht hatte. Bei den Gruppen der Bergmannsfrauen spielte
sie schon eine große Rolle. Sie organisierte, dass Frauen, die
im Ersten Weltkrieg ihre Männer verloren hatten, und alt
und krank waren, besucht wurden. Ihnen wurde in schweren Lebenssituationen geholfen, besonders wenn sie arm
waren und keine eigenen Kinder hatten, die helfen konnten.
Nichts war ihr zu viel.

Endlich lag die Genehmigung für den Baubeginn vor. Ehemaliges Ackerland nahe der Zeche war zu Bauland geworden. Hier sollte eine kleine Siedlung in Eigenleistung entstehen. 80 Familien sollten je ein Haus bauen, sich gegenseitig nachbarschaftlich helfen und nach Fertigstellung aller Häuser würden diese dann unter ihnen verlost werden, so dass sich keiner von ihnen bei den gemeinschaftlichen Bauarbeiten einen persönlichen Vorteil verschaffen könnte.

Nach dem Feierabend und an freien Tagen wurde ein Haus nach dem anderen gebaut, die alle gleich aussahen. Niemand wusste vorher, kommt mein zukünftiger Nachbar aus Pommern, Schlesien oder gar aus Ostpreußen. Es gab nach Fertigstellung aller Häuser eine Lostrommel mit achtzig Losen, jeder durfte ein Los ziehen und wusste dann, welche Straße und Hausnummer er haben würde.

Jedes Haus hatte nur einen kleinen Keller, dafür aber viel Wohnfläche und einen großen Garten. Stein auf Stein, mit Sand, Wasser und Zement wurde gebaut, Holz für die Dachstühle wurde verarbeitet, Dachpfannen wurden aufgelegt. Man konnte zusehen, wie die Siedlung wuchs. Anna fuhr oft mit dem Fahrrad zur Baustelle und brachte Hannes, der nach der Arbeit jeden Tag dort noch bis zur Dunkelheit schuftete, Butterbrote und Kartoffelsalat. Sie passte auf, dass er davon auch tatsächlich etwas aß und sich die Zeit dafür nahm. In seiner Trinkflasche aus Aluminium, die er sonst im Pütt umhängen hatte, war immer warmer Tee und sie wurde für die nächste Grubenfahrt wieder neu gefüllt. Abends lagen die Eheleute erschöpft im Bett und schmiedeten Pläne für das Haus und die Fortbildung ihrer Kinder.

Vor und während der Bauphase schafften Jette und Rudi ihr Abitur in der Nachbarstadt. Jettes fester Wunsch war es eigentlich, Pastorin zu werden. Sie hatte als Kind erfahren, dass Gebete helfen. Sie hatte den großen Unterschied zwischen Arm und Reich kennengelernt, Macht und Unterwürfigkeit mit ansehen müssen. Sie war fest davon überzeugt, dass Gott ihre Oma und Eltern und alle Kinder in eine selbstbestimmte, bessere Zukunft und Lebenssituation geführt hatte. Die Gemeinsamkeit im Glauben hatte ihr Kraft gegeben und aus Dankbarkeit und fester Überzeugung wollte sie unbedingt diesen Beruf studieren. Aber die Kirche ließ zu dieser Zeit, wenn überhaupt, nur unverheiratete Frauen für dieses Amt zu. Deshalb keine Familie gründen zu können, wo sie doch von Herzen gerne auch einmal Mutter werden wollte, konnte sie sich nicht vorstellen. Also entschied sie sich dazu, Lehrerin zu werden. Aber auf jeden Fall wollte sie Theologie studieren und später, ja später vielleicht diesen heimlichen Wunsch verwirklichen.

Das neue Leben hatte für alle Perspektiven und man machte was daraus. Eine Tochter zu haben, die studieren würde, etwas, was bisher fast nur den Söhnen vorbehalten war, das war für Anna ein Wunschziel. Sie wünschte Ihrem Kind von Herzen, das zu schaffen. Nicht dass sie eingebildet war deswegen und es jedem erzählte, aber so ganz innen drin erzeugte es bei ihr wieder starke Glücksgefühle.

Schriftlich bewarb sich Jette bei der Universität und war glücklich, dort tatsächlich auch zugelassen zu werden. Wohnen konnte sie bei weitläufigen Verwandten, die nahe der Universität lebten. Diese hatten ein Lebensmittelgeschäft und keine Kinder und waren froh, Jette kennenzulernen und ihr eine Unterkunft geben zu können. Jette war aufgeregt und glücklich zugleich. „Rudi hast du auch eine Zulassung erhalten?" „Ja, ich habe eine Zulassung zur Lehrer-Bildungsanstalt bekommen. Ich werde Lehrer."

Bei Rudi war die Sache etwas anders als bei Jette. Er war einige Jahre älter als Jette. Nach seiner Schulzeit hatte er ja schon die Knappenausbildung abgeschlossen und sich dann entschieden, im Aufbaugymnasium das Abitur zu machen. Er war dort angenommen worden. Da hatte er schon zum ersten Mal Glück, denn das war eine Ausnahmeregelung. Er war ein fleißiger Schüler. Dadurch, dass viele Einwanderer wegen der Zechen nach Westfalen ausgewandert waren, herrschte hier Schulen- und Lehrermangel. Deshalb suchte man in den Gymnasien nach besonders guten Schülern aus ärmlichen Verhältnissen. Diesen gab man die Chance, in der Lehrer-Bildungsanstalt (LBA) ihre Ausbildung zum Lehrer kostenlos zu absolvieren. Da am Ausbildungsort die Unterkünfte schon alle vergeben waren, musste er sich selbst um einen Schlafplatz kümmern. Das hatte Rudi noch vor sich.

Rudi und Jette waren von frühester Kindheit an ein Herz und eine Seele und wie selbstverständlich konnten sie es 20 Jahre lang genießen, sich täglich zu sehen. Sie nahmen es als Geschenk an, studieren zu dürfen. In zwei verschiedenen Städten würden sie nun wohnen. Das war für beide eine ungewöhnliche Vorstellung, sich nur noch selten miteinander austauschen zu können. Ab und zu am Wochenende oder in den Semesterferien, dann würden sie sich sehen. Abenteuerlustig waren sie auf das Neue, aber auch ängstlich vor den Herausforderungen und alleine dastehen zu müssen, ohne Rat von elterlicher Seite. Rudi hatte mehr Angst davor als Jette. Sie hatten diese Situation, getrennt zu sein, noch nie ausprobiert. Jetzt war sie so nah. Doch sie hatten beide ihre Wunschziele vor ihren Augen und fühlten die Berufung dafür.

Bisher hatten Beide in Bezug auf Sexualität oder das Empfinden von echter Liebe noch keine Erfahrungen gemacht. Nur Händchenhalten war manchmal angesagt oder gegenseitiges Necken, oder mit dem Fahrrad zur Schule fahren, wenn Jette auf der Lenkstange des Fahrrades saß. Aber jetzt stand das Abschiednehmen an. Beide nahmen sich zum ersten Mal in den Arm, so dass sich ihre Körper im Abschiedsschmerz ganz eng berührten und überwältigende Gefühle aufkamen, so als wären sie eins. Am liebsten würden sie für immer nah beieinanderbleiben und sich nie mehr trennen. Tränen kullerten bei Jette. Zum ersten Mal traute sich Rudi, sie zu küssen.

Längst hatten schon alle Außenstehenden gemerkt, dass es eine ganz enge Bindung zwischen den Beiden war und dass sich da eine ganz große Liebe anbahnte. Jetzt merkten sie es selbst. Es ging wie Elektrizität durch beide Körper. „Wir werden uns schreiben so oft es geht, und wenn wir unser Studium geschafft haben, werden wir heiraten," traute sich Rudi zu sagen. „Ja, Rudi, ich möchte dich auch heiraten und mit dir Kinder haben. Wir werden eine glückliche Familie sein. Aber eines Tages, sollte es möglich sein, will ich Pastorin werden. Das ist neben Mutter zu sein mein Berufswunsch." „Wir werden gemeinsam unseren Weg gehen," sagte Rudi. Sie schworen sich ewige Treue und wussten selbst nicht, ob ihr Trennungsschmerz größer war als die Lust auf das Abenteuer Studium. So etwas war Arbeiterkindern bisher fast fremd und nur den reicheren Leuten eigentlich vorbehalten, ihren Kindern ein Studium zu finanzieren.

Ein paar Wochen kämpften sie in der Ferne mit dem Abschiedsschmerz, jeder für sich. Aber der Wille, das Studium zu schaffen, war in Beiden stark. Danach wollten sie sich eine gemeinsame Zukunft aufbauen.

Während Jette von ihren Verwandten verwöhnt und liebevoll aufgenommen wurde, sogar nahe der Universität leben konnte, hatte Rudi zunächst Probleme, passenden Wohnraum in seiner Universitätsstadt zu finden. Dann fand er einen jungen Studenten, der dasselbe Problem hatte wie er. Sie hatten die Idee, gemeinsam von Tür zu Tür zu gehen.

Sie klingelten an jeder Haustür ihrer Universitätsstadt, bis sie endlich an das Haus einer Kriegerwitwe kamen, die die beiden jungen Männer, die schon tagelang suchten, gerne aufnehmen wollte. Sie machte zur Bedingung, dass für sie als Gegenleistung Gartenarbeiten, Einkäufe und handwerkliche Dinge erledigt werden müssten. Rudi, der handwerklich sehr geschickt war, nahm dieses Angebot von Herzen gerne an. Beide Männer bekamen für einen ganz geringen Preis jeder ein Zimmer im Obergeschoss des Hauses.

Die alte Dame, die gerne kochte, hatte die beiden jungen Männer gleich in ihr Herz geschlossen und wollte sie in Zukunft auch mit einer warmen Mahlzeit am Tag versorgen. Im Krieg waren ihr Sohn und ihr Ehemann gefallen. Eigentlich, wenn sie so recht überlegte, hatte sie auf so ein Glück gewartet, nach Jahren der Einsamkeit endlich Gesellschaft zu haben. Es war eine Chance für beide Seiten. Die Frau, die sich in ihrem Kummer in ihrem schönen Haus einsam und krank gefühlt hatte, blühte auf einmal auf. Sie säte und erntete im Garten und kochte von dem, was sie angebaut hatte alles, was die jungen Männer gerne essen wollten. In ihrem Vorgarten pflanzte sie bunte Blumen, saß am Nachmittag vorne am Haus auf ihrer Gartenbank und wartete auf die jungen Männer, für die sie das warme Essen auf dem Ofen stehen hatte.

Schon am ersten Abend schrieb Rudi einen Brief von seinem Glück an seine Jette. Ihre Anschrift hatte er schon vorab bekommen. Jetzt hatte er auch eine eigene Adresse. Jette hatte schon gewartet und jeden Tag ihre Tante gefragt, ob schon Post von ihm angekommen wäre. Sie kam von der Vorlesung nach Hause und hatte ihren Rudi gedanklich bedauert. Sie hatte ein schlechtes Gewissen, dass sie das große Glück mit der kostenlosen Wohnung hatte und wie ein Kind aufgenommen war, und er womöglich noch keine Wohnung gefunden hätte. Rudi war ein zurückhaltender Typ, eher ein bisschen schüchtern. Jette glaubte, er würde mit der neuen Situation nicht zurechtkommen. Nein, Rudi hatte jetzt auch ein Zuhause! Sie hatte für ihn gebetet und der liebe Gott hatte sie wieder erhört. Am nächsten Tag, auf dem Weg zur Universität, warf sie ihren Antwortbrief in den Postkasten. Drei Tage hin, drei Tage zurück, in einer Woche würde sie vielleicht eine Antwort erhalten. Eine Heimfahrt oder ein Treffen war aus Kosten- und Zeitgründen nicht so häufig möglich. Sie schrieben sich von nun an viele liebende Briefe und jeder wusste über den anderen alles.

Zuhause wurde gebaut. Anna, Hannes und die drei Jungen, die auch nach der Arbeit noch lernen mussten, arbeiteten oft auf der riesengroßen Baustelle. Ein gewaltiges Projekt, das viele Monate in Anspruch nahm. Ganz dürr waren die Männer durch das viele Arbeiten, wenig essen und viel zu geringen Schlaf, geworden. Untertage, im Schacht, da mussten sie schwere Arbeiten verrichten. Jetzt über Tage mussten sie ihre ganze Kraft geben, ein eigenes Haus zu bauen. Jeder von ihnen war Bergarbeiter. Mehrere Berufe wie Maurer, Putzer, Handlanger, Dachdecker oder Zimmermann mussten sie in dieser Bauphase ausführen. Immer wenn wieder ein Haus fertig war, dachte jeder, das, genau das Häuschen könnte unseres werden. Die zukünftigen Eigentümer konnten kaum erwarten, bis alle Häuser nach vielen Monaten, die Bauzeit dauerte mehr als ein Jahr, fertig waren.

Alle standen gemeinsam um die Lostrommel herum. Anna und Hannes hatten besonderes Glück. Sie bekamen ein Eckhaus mit einem großen Grundstück. Wie alle Häuser war es ein ansehnliches Haus. Es war schon verputzt von innen und außen. Das Dach war gedeckt, Fenster und Blendläden zur Straßenseite waren angebracht. Fußböden aus Beton waren schon begehbar und eine Haustür, die zu den Blendläden passte, war schon eingebaut. Schick sah es aus das neue Haus!

Vorgarten- und Gartenartenfläche mussten noch bearbeitet werden. „Einen Zaun rund um unser Grundstück werden wir auch noch anbringen, wenn innen alles wohnlich ist," sagte Hannes zufrieden. Die Holztreppe nach oben und die Innentüren waren vor ein paar Tagen eingebaut worden. Es roch noch schön nach frischem Holz. Ihre bisherige Mietwohnung war schon gekündigt. Die nächsten Mieter warteten schon darauf, darin einziehen zu können. Jetzt ging alles in rasender Eile. Alles andere können wir fertigstellen, wenn wir schon im neuen Haus wohnen. Unten und oben befanden sich jeweils drei Räume und eine Kammer. Beim Einzug wurde Anna von Hannes über die Schwelle getragen. Die schönsten sechs Jahre ihres Lebens begannen.

Nach und nach machten sie aus dem Haus ein richtiges Schlösschen. Anna verstand es, aus Nichts etwas Schönes zu machen. In der unteren Etage befanden sich die Küche, das Wohnzimmer und das Elternschlafzimmer. Oben waren drei Kinderzimmer und eine Kammer für alle drei Jungen, von denen jetzt jeder sein eigenes Zimmer hatte. Der ältere der Jungen blieb nur noch kurze Zeit im Elternhaus. Seine Freundin war schwanger und er wollte sie schnell heiraten. Er hatte schon die Steigerschule beendet und bekam auch eine entsprechend schöne Wohnung von der Zeche. Anna hatte jetzt sogar einen Sohn in der Beamtenkolonie wohnen, dort wo auch ihre Freundin Lisbeth wohnte. Das dritte Zimmer in der oberen Etage des neuen Hauses stand nun leer, wenn Jette in den Semesterferien nach Hause kam.

Sie hatten sich einen gewissen Lebensstandard erarbeitet, Holzmeister Hannes und seine Anna, die jetzt so glücklich waren mit ihrem Häuschen und ihren gut geratenen, gesunden und fleißigen Kindern. Sie hatten die guten, goldenen Jahre erleben dürfen, nachdem die Hungerjahre des ersten Weltkrieges vorbei waren. Dessen waren sie sich bewusst. Bald würde Jette ihr Studium beendet haben, aber vorher

gibt es noch von einem der Söhne, dem Steiger, das erste Enkelkind zu taufen. Anna durfte dieses Kind zur Taufe tragen. Dieses Glücksgefühl ging durch ihren ganzen Körper.

Anders war es damals, als ihre Kinder geboren wurden.
Armut, Angst und Unsicherheit waren in ihr. Jetzt hielt sie
stolz und glücklich den Kopf dieses Kindes über das Taufbecken. Niemand sah ihre Glückstränen, weil sie ihren Kopf
etwas nach unten geneigt hatte. Dieses Kind sollte eine gute
Zukunft haben, bei der sie stark mithelfen wollte. Das Taufkleid für das kleine Enkelkind hatte sie selbst gefertigt. Aus
rotem Inlett hatte sie ein Steckkissen genäht und es mit leich-
ten, reinen Daunen gefüllt. Der weiße Bezug war aus edlem
Stoff und mit Spitze umrandet. Ebenso war das Mützchen
gearbeitet, das sie zur Taufe abnahm und welches die Mutter des Kindes nach der Taufe dem Kind sofort wieder aufsetzte, weil es in der Kirche sehr kalt war. Das weiße Kleidchen, das über dem Kissen lang herunterfiel, hatte ebenfalls
die wertvolle Spitze unten am Saum, am Hals und an den
Armen. Dieses von Anna liebevoll gefertigte Kleid sollte
jetzt für all ihre Nachkommen immer bei ihr bereit liegen
und für jedes zukünftige Enkelkind benutzt werden. Hannes hatte ihr dafür eine ebenso wertvolle wie aufwendige
Schatulle angefertigt. Die Kirchengemeinde sah eine gut an-
gezogene Familie, die geschlossen im Halbkreis vor dem
Taufbecken stand. Man sah ihnen an, dass sie glücklich und
einig miteinander waren.

Im neuen Haus hatten Anna und Hannes zwei Tische ausgezogen und mit weißen Damast-Tischdecken ausgelegt und gutem Porzellan schön gedeckt. Das üppige Mittagsmahl war vorbereitet und auch die Torten, von Anna selbst gefertigt, standen bereit fürs anschließende Kaffeetrinken. Immer wieder traf sich die gesamte Familie in diesem gastlichen Haus zu allen möglichen feierlichen Anlässen - allein schon zu allen Tauffeiern der Enkelkinder.

Jette wurde in der benachbarten Schule als Junglehrerin geprüft. Sie erhielt dort eine Anstellung. Ebenso Rudi, der zur gleichen Zeit sein Studium beendet hatte. Nach einiger Zeit heirateten die beiden, so wie sie es sich vor dem Studium versprochen hatten.

Jettes kleine Nichte war ein Engelchen bei der Hochzeit. Auch Rudis Bruder, Karl-Friedrich, war inzwischen Vater einer ebenso alten Tochter, die auch Blümchen streuen wollte. Es war ein wunderschöner Anblick, die Kleinen, mit ihren aus frischen Wiesenblumen geflochtenen Kränzchen in den Haaren und den von Anna genähten langen weißen Kleidchen, den man nie mehr vergessen würde. Beim Verlassen der Kirche liefen die beiden kleinen Mädchen vor dem Brautpaar her und streuten aus ihren Körbchen viele Rosenblätter auf den Weg. Es war eine große Gesellschaft geladen. Annas Brüder mit ihren Familien waren ebenfalls der Einladung gefolgt. Man aß viel und lecker. Hannes hielt die Brautrede und aus Rudis Familie spielte der Vater auf dem Akkordeon den Hochzeitswalzer. Man tanzte, sang und schunkelte bis zum frühen Morgen. Rudi trug seine Braut in dem gemieteten Haus über die Türschwelle. Sie freuten sich über das gemeinsame schöne Zuhause, was schon bald fertig eingerichtet war.

Nach der Geburt der ersten Tochter war Jette nicht mehr berufstätig. Rudi bestimmte das. Er wollte der Ernährer der Familie sein, wie es das damalige Regime vorgesehen hatte. Bei der Geburt der nächsten beiden Kinder, es war ein Zwillingspärchen, war Rudi weit weg von Zuhause. Anna musste noch ein zweites Taufkleid nähen.

Jedes Mal, wenn wieder ein Enkelkind geboren wurde, holte Anna das schicke Taufkleid aus der Schatulle. Sie fühlte sich in der Großfamilie wie das Oberhaupt, nachdem die Familie immer größer wurde.

Die Geschichte wäre zu schön gewesen und man müsste schreiben: „Sie lebten glücklich bis an ihr Lebensende." Aber so läuft es nicht immer, das gibt es nur im Märchen.

Zu der Zeit war nichts mehr so, wie es vorher war.

SCHON WIEDER KRIEG

Der zweite Weltkrieg stand vor der Tür. Von seiner Vorbereitung hatten nur wenige etwas geahnt.

In Deutschland arbeitete sich schon seit einigen Jahren in Opposition zur Regierung ein neuer „Führer" hoch, der ursprünglich aus dem Nachbarland Österreich kam und schon im ersten Weltkrieg für Deutschland gekämpft hatte. 1921 war er bereits Vorsitzender seiner neu gegründeten Partei, die er NSDAP nannte. Dieser Parteivorsitzende war mit direkten Vollmachten ausgestattet. Er nutzte aus, dass es viele Menschen gab, die die harten Bedingungen des Versailler Vertrages nach dem verlorenen ersten Weltkrieg nicht akzeptierten. Mit der darin zugesprochenen Kriegsschuld Deutschlands waren sie nicht einverstanden und viele sind es auch bis heute immer noch nicht. Diese Menschen traten in die Partei ein und wurden Parteimitglieder.

Die Unzufriedenheit der Menschen verschaffte dem neuen „Führer" immer mehr Zuhörer in großen Versammlungen. Er hatte schon seine Vorstellung von Völkerreinigung und Antisemitismus aus der Heimat mitgebracht. Nach dem Staatsstreich gegen die deutsche Reichsregierung Ende 1923 wurde seine NSDAP verboten. Hitler, ihr Anführer, kam fünf Jahre in Haft. Nach vorzeitiger Entlassung gründete er 1925 die Partei aufs Neue. Für seine grausamen Ziele nutzte er die Wirtschaftskrise und lehnte dabei die

Kriegsschuld der Deutschen an dem Ersten Weltkrieg vehement ab, um die Menschen erneut aufzuwiegeln. Er stellte sich als Verfechter deutscher Interessen dar und machte Propaganda mit weitgesteckten außenpolitischen Zielen. Der amtierenden Regierung gelang es nicht, diese neu aufflammende Bewegung einzudämmen. Diktatorisches und autoritäres Auftreten und die Brutalität mancher Kampftruppen machte die Menschen schüchtern und ängstlich.

Später, nach dem Krieg, der 1939 begann und 1945 endete, unterhielt sich Anna einmal mit ihrer Tochter Jette. Sie kamen zu dem Schluss, sie hätten erst bei Ausbruch des zweiten Weltkrieges von dem Führer und seinen Aktionen erfahren - viel zu spät, um über bestimmte Situationen, die nur spärlich und lückenhaft öffentlich bekannt gegeben wurden, nachzudenken und sie in Frage zu stellen! Selbst da hätten sie sich nicht gewagt, auszusprechen, was sie über Hitler dachten. Man traute sich nicht, frei zu reden. Die Meinungen wurden unterdrückt – notfalls auch mit Gewalt. Die frühere alte Angst war wieder da, gehorchen und sich machtlos ergeben zu müssen. Gerade viele Frauen wurden von einer großen inneren Unruhe über die Ungerechtigkeit und den Ausgang des Krieges sorgenvoll beherrscht. Das unvorstellbare Leid, das anderen Menschen angetan wurde und die Angst, wie das alles enden würde, ließen viele Frauen zweifeln. Sie waren mit allen Problemen auf sich selbst gestellt, weil die Männer an der Front waren. Sie hatten ihren Männern ein verändertes Verhalten angemerkt, wenn sie zum Heimaturlaub kamen. Dann wurden sie oft

schwanger. So ging es vielen Frauen. Häufige Schwanger-
schaften waren ein großes Problem. Viele Frauen griffen oft
zur illegalen Methode der Abtreibung. Dabei hatten sie
Angst davor, ins Gefängnis oder Zuchthaus eingesperrt zu
werden. Der „Führer" hatte auch die ehelichen Gesetze geändert, die Rechte der Frauen stark eingeschränkt. Aber was
konnten sie dagegen tun? Der „Führer" brauchte neue Soldaten!

Vor dem Krieg gelang es dem (selbst ernannten) „Führer"
immer wieder, die Revision des Versailler Vertrages und damit die Gleichstellung Deutschlands in der Welt als Argu-
ment zu benutzen, um sich kurze Zeit später für die Erobe-
rung Osteuropas zu rechtfertigen. So rechtfertigte er auch
seine aggressive Außenpolitik den westlichen Ländern gegenüber, die er ebenfalls in diesem grausamen Krieg angriff.
Mit seinen Argumenten zog er die Massen an sich. Großin-
dustrielle unterstützten ihn dabei. Er ließ ein diktatorisches
Regime entstehen, das andere Parteien ausschloss. Die Freiheit der Presse, der Kunst und der Filmindustrie wurden
stark reglementiert und eingeschränkt. Nahezu niemand
traute sich mehr, öffentlich frei zu reden und seine Meinung
kundzutun. Die geheime Staatspolizei (Gestapo), eine von
vielen brutalen Einsatztruppen wurde gegründet. Mit dem
Tod Hindenburgs erlangte Hitler noch mehr Macht. 1935 er-
ließ er die Rassengesetze. Mit der Reichskristallnacht 1938,
heute Reichsprogromnacht genannt, begann die systemati-
sche Judenverfolgung und Ermordung in millionenfacher

Höhe in ganz Europa bis fast hin zur vollständigen Ausrottung.

Und so wurde die deutsche Jugend „begeistert": Die große Zahl deutscher Jugendverbände musste 1933, nach Errichtung der national sozialistischen Diktatur, der Hitlerjugend weichen. „HJ" wurde nun alles, was mit Sport oder Jugendfreizeit zu tun hatte, genannt. 1936 hieß diese Staatsjugend und ab 1939 war es für jeden Jugendlichen, Junge oder Mädchen, Pflicht, im Alter von 10 bis 18 Jahren dort Mitglied zu sein. Es herrschte Zucht und Ordnung überall.

Mit der Rechtfertigung, er wolle für Deutschland die Gleichberechtigung in Europa zurückerobern, griff Hitler mit seinem Heer 1939 Polen an und löste damit den zweiten Weltkrieg aus. Millionenfache Ermordungen der polnischen Bevölkerung, Vertreibung und Zwangsarbeit bei beginnender Kriegslust löschten weite Teile des ganzen Landes aus, Menschen und Infrastruktur. Dieser kriegerische Erfolg stachelte seinen Größenwahn weiter an. „Heute gehört uns Deutschland, morgen die ganze Welt", traute er sich einzufordern, weil er seine kriegerischen Führungsqualitäten mit dem erfolgreichen Angriff auf Polen bestätigt sah. Er löste eine wahnsinnige Begeisterung unter den Soldaten aus. Große Lobesreden über Lautsprecher ließen viele Soldaten glauben, dass ihr Handeln richtig wäre. Wenige, die sich weigern wollten, hatten keine Chance das zu tun. In fast allen umliegenden Ländern trieben sie ihr Unwesen. Sie fühlten sich stark. Oft nutzten sie Kampfpausen, um sich zu amüsieren. Da war der Krieg für manche „Helden" noch ein Abenteuer.

In allen Himmelsrichtungen Europas und darüber hinaus wollte er mit mörderischen Vernichtungen eine Germanisierung durchführen. Zunächst gelang ihm alles, was er sich vorgenommen hatte. Drei Jahre lang geschahen die schlimmsten Kapitel und Verbrechen des zweiten Weltkrieges. Er war von Macht und Ruhm besessen. Doch mit der Weite Russlands hatte Napoleon schon ein Problem, seinen Krieg zu gewinnen. Genau hier begann auch der Führer mit seinen Truppen zu scheitern. Mit der grausamen Schlacht um Stalingrad 1942 wurde eine Wende des Krieges eingeleitet. Das Kriegsgeschehen erreichte hier für die deutschen Angreifer den ersten großen Rückschlag. Das führte zur Kapitulation der deutschen Truppen im Februar 1943. Jetzt fielen die deutschen Soldaten reihenweise oder kamen in Kriegsgefangenschaft. Nur vereinzelte Soldaten kehrten nach Deutschland zurück, häufig verwundet.

Ende 1942 war Junglehrer Rudi noch an die Front beordert worden. Ein großer Trupp wurde in einer Nachbarstadt abgeholt. Man wollte mit letzter Kraft die Schlacht in Stalingrad gewinnen. Er kommt aber nicht ganz bis Stalingrad. Die deutschen Truppen waren dort schon eingekesselt und

Rudi wurde gefangen genommen. Zu spät für ihn und für Deutschland! Würde er jemals zurückkommen?

Wie krank und von Hass und Macht besessen muss ein Mensch, der sich „Führer" nennt, nach so einer Niederlage sein? Es gelang ihm nach bitter verlorenen Schlachten 1943 und 1944 trotzdem noch den Höhepunkt der Judenvernichtung zu erreichen. Fast alle europäischen Juden waren am Ende schon ausgerottet.

Schon 1941 begannen Churchill aus England und Roosevelt aus Amerika an einer Anti-Hitler Kampagne zu arbeiten. Es gab so viele Fronten. Ein Ausschnitt aus der berühmten Rede Churchills: *„Die ganze Wut und Macht des Feindes muss sich sehr bald gegen uns wenden, Hitler weiß sehr wohl, dass er entweder uns auf unserer Insel zerschmettern oder den Krieg verlieren muss. Vermögen wir ihm standzuhalten, so kann ganz Europa befreit werden, und die Menschheit kann zu weiten, sonnenhellen Höhen aufwärtsschreiten. Versagen wir aber, dann wird die ganze Welt, samt den Vereinigten Staaten und samt all dem, was wir gekannt und geliebt haben, in den Abgrund eines neuen, dunklen Zeitalters versinken, dem die Lichter einer missbrauchten Wissenschaft noch tiefere Finsternis und vielleicht auch längere Dauer verleihen. Rüsten wir uns daher zur Erfüllung unserer Plicht. Handeln wir so, dass, wenn* *das britische Reich und seine Völkergemeinschaft noch tausend Jahre bestehen, die Menschen immer noch sagen werden: „Das war eure größte Stunde."" (Zitat)*

Die größte Stunde wurde eingeleitet. Jetzt wurde Deutschland dem Boden fast gleich gemacht. Das deutsche Volk, das sich von einem Einzigen hat aufwiegeln lassen, musste jetzt „bluten". Auch aus eigenen Reihen traute man sich jetzt, den „Führer" anzugreifen. 1944 schlug ein Staatsstreich gegen ihn fehl, danach isolierte er sich und nahm sich kurz vor der Einnahme Berlins 1945 das Leben.

1944 wüteten die schlimmsten Bombenangriffe über Deutschland. Von allen kriegsgeschädigten Nationen wurde Deutschland angegriffen.

Für Anna geschah das Unfassbare. In einer metallenen Schatulle hatte Hannes lange vor dem Krieg das Taufkleid mit dem dazugehörigen Kissen und allen wichtigen Arbeitspapieren, Bauunterlagen, Geburtsurkunden usw. untergebracht. Plötzlich ertönten mal wieder die Sirenen, die die Leute auf Bombenangriffe aufmerksam machen und vor ihnen warnen sollten, damit sie sich schnell in die Bunker retten konnten. Auch Anna und Hannes wollten eilig das Haus verlassen. Vor der Tür fiel Hannes ein, dass er vergessen hatte, die Schatulle mitzunehmen. Da er sie aber nicht zurücklassen wollte, drehte er sich noch einmal um und wollte ins Haus zurückkehren. „Lauf, Anna lauf," rief er voller Panik seiner Frau noch zu, „ich komme sofort nach!" Anna sah sich noch einmal nach ihm um und lief dann weiter zum Bunker.

Hannes hielt die wertvolle Schatulle schon in der Hand und hatte es bis zum Hauseingang zurückgeschafft, als eine Bombe in das erst wenige Jahre alte Haus krachte und es in Schutt und Asche versinken ließ. Ihn erfasste eine Wand aus Ziegelsteinen, und er wurde darunter mehr als zur Hälfte begraben. „Nachbar" stöhnte er schmerzvoll immer wieder, „rette mich." Aber der Nachbar musste sich erst selbst befreien. Sein Haus war ebenfalls zerstört, aber er war nur leicht eingeklemmt worden und nicht schwer verletzt. Er überlebte, aber Hannes starb unter der Ruine seines Hauses. Er muss sich schwerste innere Verletzungen zugezogen haben. Nach kurzer Zeit verstummte sein Flehen um Hilfe. Der Nachbar, der sich inzwischen befreit hatte, nahm ihm noch die Schatulle, die wie durch ein Wunder unbeschädigt geblieben war, aus den fast kalten, steifen Händen.

Nachdem der lange und heftige Bombenangriff vorbei war, kehrte Anna angstvoll zurück. Eigentlich hätte sie glücklich sein können, denn genau in dieser Bombennacht hatte Annas Schwiegertochter ihr drittes Kind, einen Sohn, im Bunker geboren. Eine schreckliche Ahnung lähmte Annas Beine, die sie kaum noch tragen konnten. Überall lagen

Schuttberge am Rand der Bombenlöcher. Ein Bombenangriff, der dem nahegelegenen Chemiewerk gelten sollte, hatte ihr schönes Haus zerstört. Aber wo war Hannes? Als der Nachbar ihr entgegenlief vermutete sie Schreckliches, ihr Hannes, wo war Hannes? Der Nachbar fing sie auf. Anna fragte sofort, ob Hannes tot sei. Er brauchte nur traurig zu nicken. Anna wusste sofort Bescheid. Sie sank in sich zusammen und sah zunächst nicht die Schatulle, die der Nachbar in der Hand hielt. Der Nachbar überreichte ihr diese aber später. Sie erwies ihr gute Dienste und war ein ständiges Andenken an ihren geliebten Hannes, wie Vieles andere mehr, besonders aber ihre gemeinsamen guten Kinder.

Ihr jüngerer Sohn war, obwohl er gerade selbst Vater geworden, zu Anna geeilt. Er war der einzige Mann weit und breit, der zu sehen war. Seine Frau, die geschützt noch im Bunker lag und schon ihr neugeborenes Kind stillte, hatte ihn geschickt, um nach Anna und Hannes zu schauen. Ihr Sohn war verwundeter Kriegsheimkehrer, konnte aber nach einem Fußdurchschuss schon wieder laufen. Nun stand er Anna in ihrer schlimmen Situation zur Seite.

Das Familiendrama erreichte einige Zeit später noch seinen dramatischen Höhepunkt, als Anna eine Erkennungsmarke zugeschickt bekam. Sie wusste nun, dass ihr mittlerer Sohn, der noch nicht verheiratet war, im Krieg gefallen war. War sie noch bei Hannes ruhig in sich zusammengesunken, schrie sie jetzt. Alles kam aus sich heraus, was an Verzweiflung in ihr war. Ihr Kind, ihr Sohn, warum nur, warum?? All die Steine auf dem Schuttberg, das gerade aufgebaute Haus hatten keine Bedeutung mehr. Das geliebte Haus, ihr Traum, es war einmal. Das schmerzte sie nicht so sehr - ihr Kind war tot - in Russland gefallen, das war das Schlimmste, was sie erleben musste. Sie hatte lange nichts von ihm gehört und keinen Brief mehr von ihm bekommen. Es waren die schrecklichsten Tage ihres Lebens. Erschüttert, erschöpft und gebrochen wurde sie von Jette aufgenommen. Sie wohnte jetzt bei Jette und den kleinen Kindern. Der jüngste Sohn, der auch mit seiner Frau drei Kinder hatte, überlebte den Krieg, ebenso der zweitgeborene Sohn.

Rudi kam zum Ende des Krieges nicht zurück. Jette hatte große Angst um ihn. Oft fragte sie sich, ob er noch leben würde. Gerade diese Ungewissheit zermürbte sie. Annas ursprünglich große Familie war auf grausame Art und Weise kleiner geworden. Der Krieg hatte seinen Höhepunkt überschritten. Er ging mit einer Niederlage für Deutschland zu Ende. Nicht nur die Armut und der Hunger taten weh. Viel mehr schmerzte die Trauer um die beiden geliebten Menschen aus dieser Familie, die jetzt Zeit und Gemeinsamkeit für sich brauchte.

Das Essen war knapp. Die Schwiegertochter konnte ihr Kind Gott sei Dank lange stillen. Annas Sohn fuhr mit dem Fahrrad häufig Kartoffeln holen. Er radelte viele Kilometer dafür. Anna ging bei den Bauern arbeiten und wenn Gelegenheit war, heimlich hamstern, um zu überleben.

Auf ihrem Grundstück, neben dem Bombentrichter und den Schuttbergen war noch eine kleine freie Gartenfläche übriggeblieben, wo man im Frühling wieder Gemüse anbauen konnte. Bei den Bauern pachtete man ein kleines Stückchen Land.

Ganz nah waren immer die Soldaten der Alliierten Kontrollmächte. Deutschland sollte nicht noch einmal angreifen können und wurde von vier Ländern überwacht und verwaltet. Eines Tages, Anna hatte ihr kleines Enkelkind im Kinderwagen und stand vor dem Bombenloch, da warf ihr ein amerikanischer Soldat Schokolade in den Kinderwagen. Sollte sie es annehmen oder nicht? Sie schob ihre Zweifel beiseite, teilte die Tafel in viele kleine Stücke und alle aßen von der köstlichen Schokolade mehrere Tage lang.

Von der Stadt erhielt man die Nachricht, dass für die obdachlosen Menschen, deren Häuser von den Bomben zerstört worden waren, Behelfsunterkünfte gebaut werden würden. Auch für Anna sollte das zutreffen. Da das Nachbarhaus auch zerstört war, sollte eine Holzbaracke auf der Grenze gebaut werden, so dass zu beiden Grundstücken hin je eine Hälfte als Wohnung ausgebaut werden konnte. So würden der rechte und der linke Nachbar ein Dach über dem Kopf haben. Das waren gute Aussichten. Schon bald wurde mit dem Bau der Baracken begonnen. Als Anna mal wieder an der Baustelle war, erhielt sie einen Brief von ihrer Schwester, die damals in Ostpreußen zurückgeblieben war.

"Liebe Anna, meine Flucht vor den Russen begann am 20. Oktober 1944. Zunächst wurde ich von dem Bauernhof unserer Tante Paula mit dem Pferdewagen abgeholt. Meine Sachen wurden aufgeladen und ich musste unser schönes Dorf in Ostpreußen verlassen und mich dem Treck anschließen. Der Winter hatte da schon Einzug gehalten, es schneite schon, es war kalt und dunkel, weil es schon spät abends war. Unser Treck wurde laufend von den russischen Flugzeugen beschossen. Immer wieder mussten wir Schutz suchen. Im nächsten Ort bekam das Pferd Futter. Dort befand sich ein großes Gut, wo alle Flüchtlinge zum Essen ins Haus geladen wurden. Die Gutsfrau stellte alles, was sie im Haus hatte und essbar war, auf den Tisch für uns. Wir hätten auch dort schlafen können, aber zum Glück sind wir nachts weitergezogen. Der Russe kam immer hinter uns her mit ständiger Schießerei. Es geschah auf den Straßen viel Unglück. Die Wagen gingen kaputt, die Pferde wurden getroffen. Zum Glück konnten wir weiterfahren bis zur nächsten Nacht, und wir konnten bei anderen fremden Leuten essen und ausruhen. Am nächsten Tag ging es weiter. Einmal waren wir sogar eine Woche bei einer Familie, da war der Russe weiter weg. Es waren nette Leute. Dann ging es wieder weiter. Unterwegs ging ein Wagenrad kaputt und wir fanden zum Glück in der Nähe eine Schmiede. Dort bekamen wir ein neues Rad. So ging es weiter mit Hindernissen, aber dann bestanden die Straßen nur noch aus Bombenlöchern und Bauschutt. Die Fahrt musste enden. Wir spannten das Pferd aus und packten uns einen

Rucksack, um zu Fuß weiter marschieren zu können. An dieser Stelle mussten wir Tante Paulas Hund zurücklassen. Ein Soldatenwagen wollte uns mitnehmen, aber die Brücke über der Weichsel war gesprengt und wir mussten wieder zurücklaufen. Jetzt war die Not groß. Wir liefen und liefen und fanden zum Glück einen Bahnhof. Da stand ein Zug, der war voll mit Menschen geladen. Auf den offenen Zug konnten wir uns draufsetzen, das Ziel war Königsberg. Dort mussten wir den Zug verlassen und wir wurden in Wohnungen verteilt, wo wir auf die Russen warten sollten. Wir haben uns umgesehen, wo man Gelegenheit hatte, wegzulaufen. Wir kamen nach einem langen Weg am Hafen an. Dort standen zwei große Schiffe, schon voll beladen. Wir haben gebettelt, und die Matrosen hatten Erbarmen. Wir sollten einen Tag später in der Dunkelheit mit wenig Gepäck wiederkommen. In letzter Minute haben uns die Matrosen dann mit den Strickleitern aufs Schiff geholfen, das war mein großes Glück. Bis Husum war ich lange mit dem Schiff unterwegs. Bei einem Bauern in Schleswig-Holstein habe ich Arbeit bekommen. Dort gab man mir ein sauberes Zimmer und Essen und Trinken. Erst einmal war die nötige Ruhe angesagt, dann habe ich auf dem Feld gearbeitet und von oben wurde ich von einem amerikanischen Flugzeug beschossen. Aber es ging noch einmal gut, Jetzt ist der Krieg zu Ende aber ich kann nicht hierbleiben, ich muss einen Neuanfang suchen. Darf ich mich auf den Weg machen und zu dir kommen. Es grüßt dich herzlichst deine Schwester Charlotte.

ALLGEMEINE SITUATION IN DEUTSCHLAND

Deutschland lag in Schutt und Asche. Nichts funktionierte mehr, besonders die Wirtschaft war nicht mehr handlungsfähig. Die Grenzen wurden wieder nach Gebietsansprüchen der Geschädigten festgelegt. Wir wurden von vier Alliierten Kontrollmächten regiert und bewacht. Deutschland wurde geteilt in einen Ost- und Westsektor. Im Osten herrschte die Alliierte Kontrollmacht Russland, im Westen England, Frankreich und USA. Berlin lag im Ostsektor und wurde ebenso in einen östlichen und westlichen Sektor aufgeteilt, aber von den Russen bewacht. Zwölf Millionen Menschen kamen aus den Ostgebieten als Flüchtlinge in den westlichen Teil Deutschlands.

Die Hungersnot fand erst 1948 so langsam ihr Ende, weil die USA mit dem Marshallplan eine Wiederaufbauhilfe von 1,5 Milliarden US Dollar für Westdeutschland zur Verfügung stellte. Über Monate unterstütze die US-Armee die hungernde Bevölkerung Berlins mit den sogenannten Care Paketen, die Lebensmittel enthielten, weil der Westsektor von den Russen isoliert wurde und sie die Zugänge gesperrt hatten. Man warf die Pakete aus der Luft gezielt über Westberlin ab. Nach der Währungsreform 48/49 und Einführung der D-Mark, konnte die Wirtschaft langsam wiederaufgebaut werden Der Arbeitsmarkt kam in Gang, ebenso trat das neu geschaffene Grundgesetz in Kraft und die Bundesrepublik Deutschland wurde gegründet. Wir hatten wieder eine Regierung! Der Staat setzte sich nun aus mehreren Bundesländern zusammen. Der erste Bundeskanzler wurde von vier Parteien gewählt. Neben dem Grundgesetz erhielten wir eine Verfassung. Die Staatsgewalt geht vom Volke aus und die Wirtschaft funktioniert nach dem Leitbild der sozialen Marktwirtschaft.

Kaum zu glauben für die Siegermächte, Deutschland erlebte zwischen 1950 und 1960 schon das erste Wirtschaftswunder!

Durch die Pariser Verträge 1955 wurde Westdeutschland als Staat anerkannt. 1957 wurde die DDR von der UdSSR gegründet und sie regelte im Osten knallhart die Rechte ihrer Streitkräfte. Regiert wurde nach kommunistischen Maßstäben. Das Volk wurde von seinen bisherigen persönlichen Grundbesitzen enteignet und man versprach sich von der eingeführten Planwirtschaft gute Gewinne. Dieses Ziel wurde aber von der Regierung nicht erreicht. Deshalb wuchs die Unzufriedenheit der Bevölkerung. Bis 1961 flüchteten aus der DDR 3,1 Millionen Menschen in den Westen, trotz der von den Zäunen, Wachtürmen und der Volkspolizei bewachten Grenzen. Die Flüchtlinge setzten dabei immer ihr Leben aufs Spiel. Viele wurden erschossen oder kamen im Osten ins Gefängnis. Da dem Regime zu viele Menschen in Berlin über die Grenze flüchten konnten, wurde 1961 die unüberwindbare Mauer durch Berlin gebaut. Während des Mauerbaus geschahen dramatische Fluchtszenen, die in den Nachrichten gezeigt wurden und um die ganze Erde gingen.

Um als westlicher Reisender in den Westteil Berlins zu gelangen, musste man durch die Ostzone fahren. Bei der Ein- und Ausreise wurde man von der Volkspolizei angsteinflößend kontrolliert. Die Wachtposten standen überall herum, es lagen sogar einige in den Straßengräben und schauten unter die einfahrenden Autos. Alles war angsterregend, ja fast unheimlich.

Im Osten herrschte mehr Armut als im Westen. Für alle hatte sich das Leben dramatisch verändert.

Anna war Witwe geworden und zog nach Fertigstellung der Baracke dort alleine ein. Vorher hatte sie lange bei Jette und den Kindern gewohnt. Jette wohnte mit ihren drei Kindern, zwei Mädchen und einem Jungen in ihrer Mietwohnung und wusste nicht, ob sie ihren Rudi jemals wiedersehen würde. Sie gab die Hoffnung so schnell nicht auf.

Der älteste Sohn von Anna hatte Ehefrau und drei Kinder, der jüngste ebenso. Der mittlere unverheiratete Sohn, war im Krieg gefallen und natürlich Hannes fehlte, das liebe, leistungsstarke Familienoberhaupt. Tot war Hannes, von den Bomben und den Steinen des Mauerwerks seines erst ein paar Jahre alten, schönen Hauses, erschlagen.

Kaum war Anna in die neu errichtete Holzbaracke gezogen, so einsam und allein, kam endlich ihre aus Ostpreußen geflüchtete Schwester an. Anna freute sich riesig. Schon die wenigen Wochen des Alleinseins waren schrecklich. Seit ihrer Verheiratung hatte sie immer eine große Familie und war damit glücklich. Die Monate nach Kriegsende bei Jette und den Kindern hatte sie genossen. Sie hatten sich gegenseitig geholfen, über Trauer und Tränen hinwegzukommen. Sie hatte jetzt in ihrer Einsamkeit ihre Schwester herbeigesehnt.

Endlich kam sie, die sie so liebte und die ihr vor mehr als 30 Jahren bei ihren Besuchen immer den Leiterwagen vollgepackt hatte, damit sie sich und ihre Familie versorgen konnte. Jetzt hatte Anna bei ihr die Gelegenheit, etwas zurückzugeben. Die Frau, die früher in Ostpreußen ein gutes Leben führte, hatte jetzt nichts mehr als die Kleidung an ihrem Leib und ein kleines Täschchen in der Hand.

Von dem, was diese Frau einst aus Liebe zu ihrer Schwester getan hatte, konnte sie jetzt selbst profitieren. Sie setzte es aber nicht voraus, sondern war einfach nur froh, einen sicheren „Hafen" gefunden zu haben. Sie schlief in der ersten Nacht in Annas Bett. Anna nächtigte auf der Couch im Wohnraum. „Morgen gehen wir zum Amt, da gibt es für

Flüchtlinge ein wenig Geld. Davon kaufen wir ein eigenes Bett für dich." „Ja das machen wir. Aber jetzt schlafen wir erst einmal. Ich bin hundemüde und danke dir vielmals, liebe Anna, für das leckere Essen.", hauchte sie erleichtert und war dann auch sofort eingeschlafen.

Zum Grundstück gehörte die halbe Baracke. Sie bestand aus einer Wohnküche mit Kohleherd, Tisch, zwei Stühlen und einem Schrank. Im Schlafzimmer stand ein Bett und ein kleiner Schrank. Da passte noch gut ein Bett hinein für die herzlich willkommene Witwe. Rechts vom Eingang der Baracke war ein Plumpsklo und links, hinter dem Schlafraum, war ein kleiner Vorratsraum. Schön und kuschelig hatte sich Anna die kleine Bleibe eingerichtet. Sie musste ebenfalls, wie ihre Schwester, wieder ganz von vorn anfangen. Außer ihrer Schatulle mit den wichtigen Inhalten hatte sie nichts mehr. Jettes Wohnung war nicht zerstört, deshalb hatte sie ihrer Mutter lebensnotwendige Dinge abgeben können.

Annas Kinder wohnten alle drei in Ihrer Nähe. Ihre ganz besondere Liebe galt all ihren Enkelkindern und sie hatte eine starke Zuneigung zu ihrer Tochter Jette.

Charlotte wusste wohl, dass ihr Mann im Krieg gefallen war, aber wo ihre Kinder abgeblieben waren, war ihr völlig unbekannt. Sie war froh, überhaupt überlebt zu haben und bald wollte sie über das Rote Kreuz ihre Kinder suchen lassen. In der ersten Nacht nach der langen Reise hatte sie gut geschlafen in Annas Bett. Gut aufgenommen fühlte sie sich. Das Frühstück schmeckte ihr köstlich. Ein bisschen erzählte man sich schon aus der Vergangenheit. Diese ersten Gespräche waren von purer Überlebensfreude geprägt und von dem Glück, zueinander gefunden zu haben. Dass sie sich in diesem Leben noch einmal wiedersehen würden, das hatten sie wohl beide nicht geglaubt. Der Krieg hatte zu viel Hoffnung in ihnen zerstört.

Sie machten sich auf den Weg zum Amt. Schon auf dem Rückweg gingen sie an einem Möbelgeschäft vorbei und kauften ein Bett und eine drei geteilte Matratze. Decken gab es im Textilgeschäft nebenan. Kissen, Oberbett und Bezüge trugen sie nach Hause. Das Bett mit der dreiteiligen Matratze wurde noch am selben Tag angeliefert. Das war für Charlotte nach der geglückten Ankunft das zweite große Willkommensgeschenk.

Zuhause angekommen, heizten sie den Kohleofen an, damit sie die Pellkartoffeln schnell zum Kochen bringen konnten. Ein paar gekochte Eier gab es dabei, denn Anna hatte schon Hühner im Stall. Die ersten zarten Meldepflänzchen wurden gepflückt, gekocht und durch den Fleischwolf gedreht. Es entstand davon ein leckerer Brei und mit einer Prise Salz gewürzt, passte alles gut zusammen und

schmeckte köstlich. Nach dem Fußmarsch und dem lecke-
ren Essen gönnten sich die beiden Frauen ein Mittagsschläf-
chen.

„Heute Abend haben wir endlich Zeit aus unserem Leben
zu erzählen." Aber schon beim Aufbau des neuen Bettes erzählte Charlotte, dass es in der letzten Zeit in Ostpreußen
sehr schwierig war. Es fing schon nach dem ersten Weltkrieg
an. Deutschland musste Gebiete abtreten und hohe Repara-
tionskosten zahlen. „Wir durften uns nach dem verlorenen
Krieg bei einer Volksabstimmung für Deutschland entschei-
den". Charlotte meinte auch, dass es schwieriger wurde, mit
dem Ertrag der Höfe auszukommen. Der Wald war die einzige Möglichkeit, eigenes Geld nebenbei zu verdienen. Hier
wurden im Frühjahr und Sommer Bäume gepflanzt und
ausgewachsene Bäume besonders im Winter abgeholzt. Sie
wurden nach Westfalen geliefert und das Holz für den Gru-
benausbau verwendet.

Während des Gespräches kam Jette hinzu, die ihre alte
Tante willkommen heißen wollte. Ihre Kinder waren alle bei
einer Sportveranstaltung, und sie hatte ein bisschen Freizeit.
Nach der herzlichen Begrüßung war Jette gespannt auf das
Gesprächsthema.

„Was war denn mit den Gutshöfen?" fragte Anna. „Es
hatte sich viel verändert nach dem ersten Weltkrieg. Selbst

von Ortelsbruck habe ich nichts mehr gehört. Ich war auch nicht in der Gegend.", gab Charlotte zur Antwort. Es war Anna auch vollkommen gleichgültig, wie es genau diesem Herrn ging. Sie hatte keine guten Erinnerungen an ihn, aber sie schwieg dazu. Laut sagte sie: „Ich hatte ein gutes Leben hier in Westfalen mit meiner Familie. Den ersten Weltkrieg haben wir ohne Probleme überlebt, Hannes war gesund und heil aus dem Krieg zurückgekommen. Danach war auch hier eine Hungerzeit, aber im Großen und Ganzen war ich immer glücklich hier. Unsere Auswanderung war genau der richtige Weg. Ich will nie mehr zurück!"

Aber Jette wollte mehr wissen: „Ich hätte mir so gerne noch einmal alles angesehen, den schönen Gutshof von Ortelsbruck, der so aussah, wie ein Schloss. Ich habe Erinnerungen an schöne Wälder, an unser kleines Häuschen mit dem Garten und der gemütlichen Bank, wo ich mit Großmutter immer gesessen habe und sie mir Geschichten erzählt hat. Wenn ich könnte, würde ich gerne dort hinfahren." Charlotte warnte: „Der Russe vertreibt dich, sonst wäre ich jetzt nicht hier." „Oh ist Krieg schrecklich," bedauerte Jette. „Aber sollte es in diesem Leben noch einmal möglich sein, ich würde sofort dorthin reisen. Ich habe alles in bester Erinnerung!"

„In den zwanziger und dreißiger Jahren war das Leben in unserem Dorf ruhig. Wir gingen unserer Arbeit nach, und es reichte für den Lebensunterhalt. Unruhig wurde es erst, als wie ein Weckruf Hitlers Stimme aus den Lautsprechern der Volksempfänger ertönte und anschließend die Militärfahrzeuge und Panzer Richtung Polen fuhren. Das war der Kriegsbeginn 1939, den kein Mensch erwartet hatte. Im Traum hätten wir nicht an Krieg gedacht. Aus weiter Ferne hörte man anschließend das Kriegsdonnern, denn Polen war nicht weit von uns entfernt. Selbst 1941 war aus Russland trotz der größeren Entfernung noch immer das leisere Donnern zu hören. Mein Mann fiel in Stalingrad. Ich war mutterseelenallein auf dem Hof. Unsere Kinder waren lange vorher in allen Himmelsrichtungen verstreut. Ich wäre wirklich gerne in unserem schönen Dorf geblieben, aber die Russen vertrieben uns. Ich bin froh, dass ich noch lebe," erzählte Charlotte.

Jeden Abend erzählten die Schwestern aus ihrer Vergangenheit, eine rechts im Bett, die andere links und dazwischen das Nachtschränkchen. Anna und Charlotte erzählten sich Geschichten aus über 30 Jahren von zwei Kriegen, dazwischen Frieden, Inflation, Enkelkindergeburten und von Charlottes grausamer Flucht. Diese Heimat zu verlassen, die ihr immer Sicherheit gegeben hatte, das war ihr sehr schwergefallen wie auch der Verlust ihres Ehemannes. Die zusätzliche Unsicherheit, ob ihre Kinder noch leben würden, alles das machte Charlotte traurig und nachdenklich.

Es ging hin und her in den Gesprächen. Ein Ereignis aus der Fluchtgeschichte musste Charlotte ihrer Schwester unbedingt noch erzählen. „Ich war schon glücklich, im Westen angekommen und in Sicherheit zu sein, aber wusste nicht, wie es an der nächsten Station weitergehen würde. Unser Zug, der fast nur Flüchtlingsfrauen und deren Kinder beförderte, war in Schleswig-Holstein angekommen. Als wir ausgestiegen waren, sagte man uns, wir müssten uns alle der Reihe nach am Bahnsteig aufstellen. Der Bahnsteig war etwa einen Meter höher gebaut als der Erdboden. Als man uns befahl, uns entgegengesetzt zu den Gleisen umzudrehen, standen vor uns etwa zwanzig Bauern, die gekommen waren, um sich unter den Neuankömmlingen fleißige, gut gebaute Frauen auszusuchen, die sie als billige Arbeitskräfte auf ihren Höfen einsetzen konnten. Ganz besonders entwürdigend war es für mich, nach Belieben wie ein Stück Vieh ausgewählt zu werden. Ich hatte Glück, wurde schnell gewählt, weil ich keine Kinder hatte. Aber man hatte keine Wahl, man brauchte Arbeit und eine Unterkunft. Das klappte zunächst alles gut. Ich arbeitete viel auf den Feldern und hatte ein sauberes Zimmer. Aber ich merkte, dass die Ehefrau des Bauern unbegründet eifersüchtig auf mich war. Da habe ich mich entschlossen, dir den Brief zu schreiben. Hast du dich gefreut, von mir zu hören?"

Anna antwortete: „Ja, ich habe mich über deinen Brief sehr gefreut. Zu wissen, dass du noch lebst und das du jetzt bei mir bist, das ist schön. Da bin ich nicht so allein. Auch etwas von meiner alten Heimat zu hören, ist interessant. Ich habe mein Leben hier gut gelebt. Für mich war der Weg, den wir gegangen sind, genau der richtige, und unsere Mutter hatte hier noch eine gute Zeit. Dieser Krieg war für uns alle hart und ich wünsche, dass es nie wieder Krieg geben möge. Ich bin traurig, den Verlust von sogar zwei lieben Menschen hinnehmen zu müssen. Das schöne Haus ist auch nicht mehr. Aber ich habe jetzt die Gewissheit, dass ich wieder ein eigenes Zuhause habe, und wenn es auch nur diese Baracke ist. Drei meiner Kinder leben noch mit ihren Partnern und insgesamt neun Enkelkinder." Über die bösen Erinnerungen aus der alten Heimat erzählte Anna ihrer Schwester nichts. Das Geheimnis um Jettes Geburt behielt sie für sich. Niemals sollte es jemand erfahren!

Beide Frauen waren schon weit über 60 Jahre alt und ziemlich aufgebraucht. Das arbeitsreiche und krisenge-schüttelte Leben hatte sie geprägt. Obwohl Charlotte älter war als Anna, wirkte sie nicht ganz so abgearbeitet wie Anna. Man spürte bei ihrer Schwester eine Neugierde auf das neue Leben und einen Nachholbedarf an Lebenslust. Anna hingegen fiel es schon schwer, ab und zu bei Jette oder den Schwiegertöchtern und den Enkelkindern zu helfen. Das eigene Leben zu bewältigen, war jetzt ihre Aufgabe, die sie voll in Anspruch nahm.

Jettes Leben mit ihren drei kleinen Kindern war ebenfalls mehr als ausgefüllt. Sie war nicht in der Lage, arbeiten zu gehen. Die Zwillingstochter war schwer krank, das kostete

Jette viel Kraft. Von Anna war kaum noch Hilfe zu erwarten, obwohl sie die drei Kilometer des Weges hin und wieder zu ihrer Tochter noch schaffte. Als Charlotte nicht mehr bei Anna wohnte, denn sie blieb nicht allzu lange bei ihr, wurde es immer dringender nötig, dass Jette ihrer Mutter half. Charlotte hatte auf dem Friedhof, als sie am Grab ihrer Mutter war, einen Witwer kennengelernt, der ebenso lebenslustig war wie sie selbst. Mit ihm wohnte sie jetzt zusammen.

DER HEIMKEHRER UND DER WIEDERAUFBAU

Fast alle Deutschen in den ersten vier Nachkriegsjahren waren arm.

Bis Anna ihre Rente bekam, verging eine lange Zeit, die zu überbrücken war. Jette war mit den Kindern allein in dieser Zeit und bekam vom Staat eine kleine Unterstützung, weil ihr Mann vorher Lehrer war. Ihre Brüder, die, wie ihre Familien, den Krieg überlebt hatten, waren schon wieder im Bergbau tätig. Der Arbeitsmarkt lief nach vielen Räumungsarbeiten wieder an. Man spürte nach dem großen Hunger die Hilfe, die besonders aus Amerika kam.

Bis 1948 half man sich gegenseitig. Man hamsterte, bettelte und tauschte. Einige hatten schon wieder Arbeitsstellen und taten alles, um zu überleben. Die Mütter, die mit ihren Kindern allein waren, hatten Angst, dass ihre Kinder durch Unterernährung krank würden. Ihre Immunsysteme waren durch den Hunger sehr geschwächt und sie überlebten nurknapp. Bei Jettes Zwillingstochter stellte sich eine gefährliche Diphtherie heraus. Auch Scharlach war sehr verbreitet. Man fürchtete immer Ansteckungsgefahren. Krankenhäuser waren zum Teil zerbombt und in eilends aufgebauten Krankenhausbaracken herrschten oft schreckliche Zustände in Bezug auf Hygiene. Manchmal kam ein Mensch noch kranker nach Hause, als er eingeliefert worden war. Es gab noch kein Penicillin. Ärzte waren knapp, weil viele vorher zur

Front beordert worden waren und nicht mehr zurückkamen.

Jettes Zwillinge waren erst geboren worden, als Rudi schon in Russland war. Er kannte diese Kinder noch nicht, wusste nicht, dass eines davon ein Junge war, den er sich so sehr gewünscht hatte. Das Mädchen, die kleine Isa, war häufig krank.

Genau wie es damals mit Jette und ihrer Großmutter war, hatte die kleine Isa zu Oma Anna ein inniges und besonders herzliches Verhältnis. Diese war schon alt und manchmal krank, hatte aber immer noch eine gewisse Stärke. Sie war im Kopf klar und versuchte, ihrer Tochter möglichst wenig Arbeit zu machen. Der Gesundheitszustand dieser beiden Menschen war für Jette eine große Herausforderung. Anna hielt sich nur noch mit ihrem Glauben hoch und mit der Freude über ihre Enkelkinder.

Jette, die damals so glücklich war mit ihrem Rudi und mit ihrem Studium hatte jetzt keine andere Wahl zum Überleben, sie musste kämpfen. Ihre gesamte Kraft galt jetzt ihren Kindern. Sie verschwendete keinen Gedanken daran, wieder in den Schuldienst einzutreten, obwohl dort dringend Personal gebraucht wurde. Sie hatte gar keine Zeit mehr für sich, der Tag war immer mehr als ausgefüllt bei drei kleinen Kindern und einer alten Mutter. Abends dachte sie oft an Rudi, an die schöne Zeit vor dem Krieg, das Glück mit ihrem Mädchen. Würden sie alle, den Ehemann und Papa je wiedersehen?

Anna war trotz ihres schlechten gesundheitlichen Zustandes der Anker für Jette. Bei den Bauern half sie sogar noch manchmal in der Küche so gut es noch ging und bekam dort Milch, Kartoffeln und ab und zu ein Stückchen Speck. Weil Anna vor dem Krieg für viele Menschen Gutes getan hatte, erhielt sie von ihnen auch manchmal Kleidung und Kohlen und gehacktes Holz für ihren Ofen. Gemüse machte sie aus Kräutern, die am Wiesenrand wuchsen. Auf einer kleinen Fläche, auf der kein Schutt lag, hatte sie auch ein schon etwas angepflanzt und einen Hühnerstall ganz nah an der Baracke. Mit solchen Aktionen überlebte sie. Ansonsten wohnte Anna allein in ihrer Baracke, weil ihre Schwester Charlotte mit dem neuen Partner ihr Glück gefunden hatte.

Nach 1948 gab es die Währungsreform. Mit der Deutschen Mark als Stück und in Scheinen, es gab auch Groschen und Pfennige konnte man jetzt wieder einkaufen gehen. Deutschland hatte endlich eine Regierung! Die wurde zwar von den Alliierten kontrolliert, aber alles, Wirtschaft und Arbeitsmarkt, kamen jetzt in Gang. Für alle, die den Krieg überlebt hatten, war es eigentlich das Schicksalsjahr zum Positiven. Besonders aber für Jette. Es rollten die ersten Kriegsheimkehrer Züge ein.

Wie ein Wunder war Rudi gleich am Anfang dabei. Er lebte noch, die Ungewissheit für Jette war zu Ende! Vielleicht hatte er dieses Glück einer der ersten zu sein, weil er

Lehrer war. Abgemagert, schmutzig, hungrig, mit zerrissener Kleidung stand er vor ihr, die ihn kaum erkannte. Noch weniger erkannten ihn seine Kinder. „Onkel," sagte der Kleine, und hielt sich an Jettes Rock fest. Er versteckte sich ängstlich hinter seiner Mutter. Die Große erinnerte sich plötzlich wieder an den Vater, sie sah Ähnlichkeiten mit einem Foto, welches sie oft angeschaut hatte. Er war auch erst spät eingezogen worden, aber sechs Jahre Ungewissheit und Abwesenheit waren eine lange Zeit. Bei dem schrecklichen Anblick ihres Vaters kam ihre Angst von dem Krieg wieder hoch. Sie dachte an Alarm, Bunker, Feuer, Bomben und vor allen Dingen fiel ihr Omas schönes Häuschen ein, was zerstört worden war. Dieses einst so schöne Haus, wo sie immer so viel Freude hatten, da war jetzt eine Baracke und ein riesiger Schuttberg und noch ein tiefes Loch, wo einst der schöne Garten war. „Ulli Angst", hatte sie im Bunker oft gerufen, wenn die Bomben prasselten.

Die kleine Isa und ihr Bruder hatten die Nachkriegszeit nicht so schwer empfunden. Sie waren noch zu klein dazu. Die Zwillinge standen sich sehr nah. Isa war immer sehr fröhlich und zog ihren Bruder oft in ihren Bann. Obwohl sie häufig kränklich war, spürte man bei ihr immer dieses sonnige Wesen, das auch ihre Mutter hatte. Sie hatte es wohl geerbt, nicht nur das rötliche Haar. Sie hatte die Art, immer nur das Positive zu sehen, und sie war diejenige, die die erdrückende Stimmung bei der Ankunft ihres Vaters sprengte. Sie umfasste ihren Papa trotz der schmutzigen Kleidung, legte ihren Kopf gegen seinen Bauch und sagte:

„Jetzt sind wir alle zusammen und haben auch einen Papa!"
Rudi zog sein Kind hoch auf seinen Arm, drückte die Kleine,
schaute auf die anderen beiden und mit der freien Hand
streichelte er den beiden anderen nacheinander über den
Kopf.

Schon so große Kinder zu haben, das hatte ihn sprachlos
gemacht. Die kleine Isa glitt jetzt von seinem Arm, machte
ein Tänzchen und sang mal wieder und steckte mit ihrer
Fröhlichkeit ihre Geschwister mit an. Nach den Freudentränen, die Jette die ganze Zeit verloren hatte, lächelte sie jetzt
nur noch. Endlich nahmen sich beide vor den Kindern in
den Arm. Beide Elternteile waren durch die Hölle gegangen,
jeder auf seine Weise. Er, kurz vor Stalingrad mit Hunger
und Zwangsarbeit, sie auch mit Hunger, hatte aber über die
neue Zukunft der Kinder ihre schützende Hand gehalten,
selbst wenn ihrem Körper die Kraft oft fehlte. Die Hoffnung
hatte sie nie aufgegeben. Durch ihren Glauben war sie stark
geblieben. Jette hatte das Glück, Anna zu haben, bei der sie
sich auch mal fallen lassen und über ihre Probleme sprechen
konnte. Sie war es auch, die ihr beigestanden hatte, wenn
Hunger und Not am größten war. Anna bekam jetzt endlich
ihre Knappschaftsrente. Jette durfte immer mit einer Voll-
macht von Anna, ihre Rente in einer dazu autorisierten Gaststätte abholen. Sparkassen gab es kaum. Die Not war vorbei.

Ja, Rudi hatte Glück, seine Jette hatte alles allein bewältigt
und sie war ihm sogar treu geblieben. Mit offenen Armen

hatten sie und ihre Kinder den Ehemann und Vater empfangen. Anders ging es manchen Heimkehrern, die kein Zuhause mehr hatten. Dort hatten sich die Frauen inzwischen anderweitig verliebt, ein Kind war auf die Welt gekommen, was der Heimkehrer gar nicht gezeugt haben konnte. So waren sogenannte „Onkelehen" entstanden, die inzwischen so gefestigt waren, dass der Heimkehrer die Verbindung gar nicht mehr lösen und sich dazwischendrängen konnte. Manche hatten kein Zuhause mehr, weil ihr Haus in Trümmern lag. Nachkriegswirrwarr war aus der Not geboren, Hunger und Lebenserhaltungstrieb spielten dabei oft eine Rolle, das hatte Vieles in den Familien durcheinandergebracht.

Das alles, was auf Rudi jetzt an Freude auf ihn hereingeprasselt war, machte ihn schwindelig und plötzlich dachte er wieder an seine schrecklichsten Erlebnisse. Es spielte sich wie Zirkus in seinem Kopf ab. Es war auf einmal wie ein Film, der dramatische Szenen hatte. „Soll ich zuerst schießen oder schießt der andere zuerst? Lass ich den Kameraden, der noch nicht ganz tot ist, liegen oder laufe ich weg, sonst bin ich dran? Dann bin ich irgendwann gefangen genommen worden. Wie oft wurde ich geschlagen und lag am Boden!? Ich dachte nicht, dass ich noch einmal aufwachen oder noch einmal in diesem Leben meine Kinder sehen würde. Und jetzt hier zu sein, ein Wunder! Wie lange hält jetzt wohl die Wirklichkeit, kann man denen trauen, die jetzt regieren? Wie geht es weiter?" Jette merkte, dass Rudis Gedanken abschweiften.

Am nächsten Morgen liefen sie gemeinsam die drei Kilometer zu Anna. Alle fünf hielten sich an den Händen und füllten die Breite der gesamten Straße aus. Dann kam der nächste Schlag für Rudi. Das war das Bombenloch! Dass Hannes tot sei, hatte Jette unter Tränen erzählt. Nichts war mehr übrig geblieben von dem einst so schönen neuen Haus. Nur Schutt und Asche und ein riesiger Krater lag vor ihnen. Der Kriegsschock war wieder zurück bei Rudi! Er war wie erstarrt und schaute sich sprachlos um.

Anna trat ihnen aus ihrer Baracke entgegen. Sie war auch eine andere geworden. Ebenfalls so dünn wie Rudi, stark abgemagert – fast dürr, schneeweißes Haar, Ränder unter den Augen. Ihre Arbeitshände, die früher immer in Bewegung waren, bewegten sich schwerfällig, waren auffällig durch die sichtbaren Gichtknoten und der rechte Arm war kaum noch in die Höhe zu bringen. Eine Last fiel von Anna ab, als sie Rudi sah. Er war heimgekehrt. Jette hatte den Familienernährer und den Vater ihrer Kinder zurück, der sicher bald in den Schuldienst zurückgehen würde. Das alles war eine Sorge, die Anna jahrelang belastet hatte. Ihr fiel ein Stein vom Herzen.

Anna schaute Rudi an. Sie hatte ihn immer geliebt wie einen Sohn. Mit ihren Augen sah sie jetzt einen anderen Rudi, einen veränderten Rudi, der gar nicht mehr lachen und auch ihr zuliebe kein künstliches Lächeln aufsetzte konnte.

Kriegsleiden der vergangenen Jahre standen in seinem Gesicht gemeißelt. Die Kleidung hatte er an, die Jette im Schlafzimmer in der Hoffnung hatte hängen lassen, dass er wiederkommen würde. Alles, was er trug, schlabberte an seinem Körper, war viel zu groß, als wenn es gar nicht seine Kleidung wäre. Aber er hatte wenigstens noch Kleidung, wenn er damit auch nicht mehr so gut aussah.

Beide, Anna und Rudi, hatten sich von dem Schock des gegenseitigen Anblicks ein bisschen erholt und nahmen sich jetzt gegenseitig in den Arm und weinten. „Hast du genug zu essen, Anna? Bist du gesund?" waren Rudis Fragen. „Du auch?" sorgte sich Anna. Sie war jetzt so glücklich. „Ich habe zum ersten Mal Rente bekommen. Gut, dass Hannes auf der Zeche war, die haben schon immer alles gut geregelt, damals schon. Ja, Rudi ich habe mein eigenes Auskommen."

Beim Eintreten in die Baracke musste sich Rudi erst einmal hinsetzen und das Gesehene verarbeiten. Sie alle fanden Platz in dieser kleinen Hütte und waren dann einfach nur glücklich. Die Augen der Kinder strahlten und erfüllten Annas kleine Bleibe mit Sonnenschein.

Rudi meldete sich am nächsten Tag beim Amt zurück und binnen kurzer Zeit war er an der Grundschule tätig, an der er vor dem Krieg bereits unterrichtet hatte. Diese Sehnsucht, die er während des Krieges oft verspürt hatte, nach Hause zu kommen, beglückte ihn jetzt. Eine Familie zu haben, selbst überlebt zu haben, das war eigentlich pures Glück.

Aber er hatte auch ein Trauma mitgebracht. Nachts träumte er oft vom Krieg. Auch tagsüber, während der Schulstunden, holte ihn seine Vergangenheit immer wieder ein. Er durchlebte in Gedanken noch einmal die Szenen, die sich in Russland abgespielt hatten, bevor er in Gefangenschaft kam und auch danach. Dabei hatte er doch gar nichts Böses getan. Kaum angekommen, musste er bitter für das büßen, was seine Kameraden vor ihm angerichtet hatten. Trotzdem wurde er zur Zwangsarbeit gezwungen. Hunger und Kälte hatte er ertragen. Wenn er vor Erschöpfung nicht mehr arbeiten konnte, wurde er getreten und ihm befohlen weiterzuarbeiten.

Wenn ihm bewusst wurde, dass seine Gedanken mitten im Unterricht abschweiften, bemühte er sich, alles zu unterdrücken. Schließlich musste er eine große Familie ernähren. Zuhause bekam er alle Probleme mit, das machte ihm zusätzlichen Druck. Jette versuchte zwar, alles von ihm abzuhalten und hatte viel Verständnis für ihn. Sie bewältigte ihren Haushalt perfekt. Aber er hatte sich verändert, das spürte sie.

Plötzlich bemerkte Jette bei sich eine Veränderung. Sie traute sich nichts zu sagen, aber sie ahnte, dass sie wieder schwanger war. Es hatte wohl sofort geklappt nach dem Wiedersehen. Schon über 40 Jahre alt, hatte sie zunächst an Wechseljahre geglaubt. „Jetzt noch ein Kind, schaffen wir das überhaupt? So Gott will," glaubte sie dann. Sie erzählte es ihrem Rudi. Alles, was mit Geburt und Kleinkindern zu tun gehabt hatte, hatte er nicht so ganz miterlebt. Er nahm es hin und freute sich sogar. Viel zu sehr war er mit seiner Weiterbildung in der Schule beschäftigt, wusste aber nicht, was noch alles auf ihn zukommen würde.

Als Grundschullehrer hatte er jetzt die Möglichkeit, in einer nahegelegenen Stadt eine Ausbildung zum Realschullehrer zu machen. Jedes Wochenende musste er mit dem Zug in eine 50 km entfernte Stadt fahren. Sein Schuldirektor hatte ihn ausgesucht, Lehrer in einer Realschule zu werden, die kurz vor der Gründung stand. In seinem Kopf war auch der Gedanke, das zerstörte Haus wiederaufzubauen. Alles auf einmal Schule, Ausbildung, noch ein Kind, das Haus. Das erzeugte wieder Druck in ihm. Aber er hatte ja seine Jette, mit ihr würde er das schaffen.

Täglich klopften beide nachmittags den Putz von den Trümmersteinen ab, um sie für den Neubau verwenden zu können. Jette und Rudi waren wochenlang - eher monatelang - damit beschäftigt, Steine abzuklopfen. Sorgfältig stapelten sie diese. Sie waren sehr wertvoll, denn um diese Zeit konnte man wenige Baumaterialien kaufen, denn an vielen Stellen im Land waren die grausamen Spuren des Krieges noch zu beseitigen. Das Geld fehlte zusätzlich auch noch an allen Ecken.

Anna versorgte in der Zeit die Kinder in ihrer Baracke, kochte für alle und abends nach getaner Arbeit, lief die gesamte Familie wieder zurück zu ihrer Mietwohnung. Die Kinder mussten jeden Morgen zur Schule und der Vater auch. Aber er war an einer anderen Schule beschäftigt und lief oder fuhr mit dem Fahrrad in die andere Richtung. Jette schwanger, er in Ausbildung, beide waren völlig überlastet. Rudi konnte seiner Frau keine Hilfe sein, so eingespannt, wie er war, aber sie hatte jetzt wieder einen Ernährer für ihre Familie und brauchte kein Geld von der städtischen Fürsorge, das tröstete sie.

Alle Trümmer beseitigten sie mit eigenen Händen. Immer, wenn sie etwas Geld übrighatten, kauften sie Material ein. Als das eigene Geld nicht mehr reichte, mussten sie noch einen Kredit aufnehmen. Nicht nur das Geld war knapp, sondern auch das Material. Das ganze Land lag in Trümmern und überall musste wiederaufgebaut werden. Stein auf Stein wurde nach den alten Bauplänen gesetzt, die noch in der Schatulle waren. Der Hausbau dauerte ebenso lange, wie Rudi für seine Weiterbildung benötigte. Jette musste auch auf der Baustelle immer funktionieren, Speis anrühren und ihn dorthin transportieren, wo Rudi gerade eine Mauer hochzog. Selbst der kleine Sohn half mit und brachte dem Papa die Steine. Die Mädchen machten ihre Hausaufgaben oder halfen der Oma in der Küche. Jeden Abend fielen alle todmüde ins Bett.

Zwischendurch wurde das dritte Mädchen geboren. Es war ein Siebenmonats Kind, kaum mehr als ein Kilogramm schwer. Die Kleine überlebte in der neu erbauten Klinik in einem der ersten Frühbettchen. Jettes Muttermilch wurde täglich zur Klinik gebracht.

So vergingen zwei bis drei Jahre, bis der Heimkehrer die Weiterbildung geschafft hatte, und das Haus mit Hilfe von Jette, den Kindern und Anna wiederaufgebaut war. Es sah genauso aus, wie es vorher war. Das machte Anna glücklich.

Die letzte Zeit ihres Lebens verbrachte sie aber in der Baracke. Sie hatte es dort so gemütlich und wollte gar nicht in das neue Haus einziehen, denn vier Kinder und zwei Erwachsene füllten dort jeden Raum aus, und in der Baracke hatte sie ihre Ruhe.

Die junge Familie zog in das Haus ein. Es hatte schon eine richtige Toilette. Man musste mit dem Wasser von der Pumpe nachspülen. Das Wasser floss durch Leitungen in einen Sickerschacht, der von Zeit zu Zeit abgepumpt wurde. Am gemeinschaftlichen Pumpenplatz bewegte man kräftig den Pumpenschwengel und holte das Wasser in Eimern zum Nachspülen selbst ab. Genauso machte man es, wenn man es zu anderen Zwecken, zum Beispiel zum Kochen brauchte. Am Wochenende wurde Wasser auf dem Kohleofen erhitzt und alle kamen der Reihe nach in die Badewanne, die aus Zink bestand. Mit der kostbaren Kernseife wurde der Körper gewaschen. Das fand alles in der Küche statt. Für die kleinen Kinder stand die Wanne erhöht auf dem Stuhl. Es wurde in der Küche schön eingeheizt, damit keiner frieren musste.

Einmal in der Woche fand in der inzwischen angebauten Waschküche ein Wäschetag statt. Ein großer Kessel wurde mit Wasser gefüllt und die Baumwollwäsche hineingegeben. Das Feuerchen zündete man unter dem Kessel an und brachte die Wäsche zum Kochen. Anschließend gab man die gekochte Wäsche mit Hilfe eines dicken Holzprengels in die danebenstehende Holzbottich-Waschmaschine. Die beweglichen Holzknüppel in der Waschmaschine bewegten die Wäsche hin und her, um sie zu säubern. Danach holte man sie aus der Maschine und spülte sie mit klarem Wasser aus.

Mit den Händen wurde die nasse Wäsche ausgewrungen. Bevor man sie auf die Leine hängte, drehte man die Wäsche noch einmal durch zwei hölzerne, nebeneinanderliegende Walzen, um sie so auszupressen, dass sie nicht mehr so nass war, wenn sie auf die Leine gehängt wurde. Das war eine schwere Arbeit, die meistens montags verrichtet wurde.

Auch der Garten wurde im Frühling bearbeitet. Der Boden musste umgegraben werden, die Saat gesät und das Unkraut später regelmäßig entfernt werden. War das Gemüse und Obst reif, wurde geerntet und man war glücklich, dass man davon etwas kochen konnte. Das Schwein im Stall und die Kaninchen mussten gefüttert werden, Ställe mussten gereinigt werden. Die Familie war überwiegend ein Selbstversorger in Bezug auf Ernährung. Alle diese Arbeiten erledigte Jette, aber auch die Kinder hatten ihre Aufgaben zu erfüllen.

Jettes und Rudis Kinder sollten nach dem überstandenen Krieg eine schöne Kindheit haben. Sie durften Freunde mit nach Hause bringen und sich draußen austoben. Sie spielten mit den vielen Nachbarskindern Völkerball, Federball, Hinkeln oder Pinnchen und andere Spiele. Die Straßen waren sandig, weil sie noch nicht gepflastert waren. Rund um die schöne Siedlung waren Felder und kleine Wäldchen, sogar Bäche waren in der Nähe. Spielmöglichkeiten für Kinder gab es überall.

Vor dem Chemischen Werk, das in der Nähe war, wurde ein Schwimmbad gebaut. Die Kinder lernten dort schwimmen. Die älteste Tochter wurde sogar Rettungsschwimmerin im DLRG. Die Kinder durften auch Freunde mit nach Hause bringen. Anna und Jette schmierten dann Butterbrote für die Nachbarskinder. Es waren auch Flüchtlingskinder dabei, die froh waren, etwas mehr zu Essen zu bekommen als es Zuhause gab. Manche Mutter war mit fünf Kindern geflüchtet und konnte diese jetzt kaum ernähren. Dagegen ging es Jettes Kindern richtig gut. Sie wurden aber angehalten zu teilen oder zu helfen, wenn es bei anderen Nötig war.

Es gab einmal im Jahr ein Kinderschützenfest, zweimal im Jahr war in einem anderen Stadtteil Kirmes, der Nikolaus ging am 6.12 von Haus zu Haus. Im Sommer kletterten die Kinder in den Obstbäumen herum, die überall in den Gärten standen und aßen sich manchmal an verschiedenen Früchten satt. Besonders beliebt waren die Kirschen, denn vor jedem der 80 Siedlungshäuschen standen in Reih und Glied je zwei Kirschbäume. Das sah im Frühling wunderschön aus, wenn rechts und links der Straßen zu beiden Seiten entlang, die Bäume blühten. Es war wieder gut zu leben. Frieden gab es nicht nur an Weihnachten, man hatte wieder ein schönes Leben und schöne Kindheit.

Der Gedanke, noch einmal berufstätig zu werden, kam bei Jette kaum noch auf. Sie bedauerte sich deswegen zwar manchmal, trotz des Glücks mit den Kindern. Aber die waren ihre Liebe und neben Rudi das Wichtigste in ihrem Leben. Oft schaffte sie die Hausarbeit kaum, kam mit dem von Rudi zugeteilten Geld nicht aus. Ihr so geliebter Rudi war besessen von dem Fortschritt im Haus. Er war manchmal ein bisschen schwierig, weil er so dominant geworden war. Jette nahm um des lieben Friedens willen alles hin. Sie war ja froh, dass sie gemeinsam den Wiederaufbau des Hauses geschafft hatten. Manchmal hatte sie aber das Gefühl, dass das

Haus wichtiger für ihn sei als alles andere. Er war so leidenschaftlich damit und baute ständig nach den neuesten Entwicklungen und Techniken aufwändig und kostspielig um.

Ende der fünfziger Jahre gab es Frischwasser und Abwasserleitungen für jedes Haus. Das war zwar wieder teuer, aber durchaus praktisch, dadurch wurde es wertvoller und Fortschritt mit fließendem Wasser ohne Sickerschacht war eine große Errungenschaft. Das war auch für Jettes Haushaltsführung sehr wichtig und erfreute sie. Sie fand es schön, in einem Haus zu wohnen, wo alles gut und praktisch war, besonders kein Wasser mehr pumpen und tragen zu müssen. Das war eine wesentliche Erleichterung für sie.

In anderen Dingen war sie oft anderer Meinung als Rudi, aber wollte keinen Streit der Kinder zuliebe. Sie hatte eigene Ideen, die sie selbst gerne verwirklicht hätte. Sie hielt aus ihrer Sicht manchmal andere Dinge für viel wichtiger. Sie wollte so sehr gerne einen Führerschein machen. Ab und zu, wenn sie Wünsche hatte, die nicht erfüllt wurden, bedauerte sie sich und weinte ein bisschen darüber, wenn sie alleine war. Die Kinder sollten es nicht sehen. Für sie war doch Familie und glückliche Kinder zu haben das Wichtigste.

Anna wurde immer schwächer und krank und musste versorgt werden, einige Jahre lang. Auch wenn ihre Hände nicht mehr viel arbeiten konnten, so konnte sie ihre Tochter mit ihrer Rente dennoch finanziell unterstützen. Die drei älteren Kinder gingen alle zur Schule und das Zwillingsmädchen Isa musste für eineinhalb Jahre ins Krankenhaus in eine weit entfernte Stadt. Das tat ihr und besonders Großmutter Anna, die dieses Kind so liebte, sehr weh. Jette selbst hatte noch das kleinere Kind und die kranke Oma zu versorgen und ihre Gedanken drehten sich oft um das schwer kranke Kind Isa, das sie nicht besuchen konnte. Ihre Nerven lagen oft blank. Rudi ging seiner Arbeit nach und manchmal war ihm die Familie, auf die er stolz war und die er liebte, trotz Jettes Fleiß und Hingabe eine Last.

Neben seiner Arbeit machte er Zuhause, um Kosten zu sparen, viele handwerkliche Dinge selbst. Das war schon eine finanzielle Erleichterung, denn im Haus musste immer noch viel geändert werden. Der Kredit musste abgezahlt werden. Solche Zahlungen lagen in seiner Verantwortung, da sprach er nichts mit Jette ab. Er war aber der Held, als er es 1954 schaffte, einen Fernseher auf Abzahlung zu kaufen, um damit die Fußballweltmeisterschaft zu sehen. Die ganze Familie saß gemeinsam mit den Nachbarn im Wohnzimmer und sie feierten den Sieg der deutschen Mannschaft.

Bei vier Kindern war das Leben arbeitsintensiv und abwechslungsreich. Es war auch noch Oma Anna zu versorgen. Anna war sehr viel krank. Eigentlich war Rudis Schwiegermutter lieb. Aber manchmal war er ein bisschen eifersüchtig, weil Jette für diese viel Zeit und Kraft brauchte und er sich vernachlässigt fühlte. Jette war aber froh, dass sie ihre Mutter hatte, denn sie war eine liebe Kranke und sie linderte immer Jettes Geldnot.

Die Kleine verwöhnte der Vater gerne, aber mit den großen Kindern war er oft viel zu streng. Er hatte das System von Zucht und Ordnung und noch einige andere Bestimmungen des alten Regimes so verinnerlicht, dass er es nun selbst nicht nur Zuhause, sondern auch manchmal in der Schule vertrat. Mit Jette hatte er das Problem, dass er glaubte, sie würde zu viel Geld ausgeben. Rudi teilte das Geld nach seiner Vorstellung ein, gab seiner Jette nur Wirtschaftsgeld und das viel zu knapp. Er bestimmte, dass Jette nicht arbeiten ging und verletzte sie damit. Es wäre ihr bei der hohen Belastung im Haushalt gar nicht möglich gewesen, wieder in den Schuldienst einzutreten, was ihn beruhigte. Zu der Zeit konnte ein Mann so etwas noch bestimmen.

Es kostete den Ehemann ebenfalls Nerven, dass das kleine Kind nachts oft unruhig war. Jette kümmerte sich dann um Ruhe, damit er ausgeruht zur Arbeit gehen konnte. Einfach machte er seiner Jette das Mutterdasein nicht. Er genoss aber die wenige Freizeit, mit dem kleinen Kind zu spielen und es zu verwöhnen. Er verstand es dann aber nicht, wenn das Kind, als es älter wurde, eigenwillig wie er selbst wurde. Die Vaterrolle hatte er bei den anderen so sehr vermisst, als er in der Gefangenschaft war. Er hatte es sich einfacher vorgestellt. Eigentlich wollte er eine heile Welt - aber nach seinen Vorstellungen. Wenn abends mal Ruhe war, spielte er mit Jette Schach, oder mit allen zusammen manchmal Karten oder „Mensch ärgere dich nicht". Das Familienleben lief gut zwischendurch, trotz mancher Probleme.

Als die Kleine noch keine drei Jahre alt war, hatte sie einen schrecklichen Unfall. Sie wollte in der Waschküche ihren kleinen Holzroller, der unter dem Waschbecken stand, hervorholen und fiel dabei in eine Schüssel mit heißer Wäsche, die kurz vorher noch auf der Herdplatte gestanden hatte. Keiner hatte bemerkt, dass das Händchen des kleinen Kindes schon bis zur Türklinke reichte und sie diese alleine öffnen könnte und in die Waschküche gelang. Das Geschrei des Kindes schrillte in die Ohren von Jette und Oma Anna. Mit zitternden Händen versuchten sie die Strickkleidung vom Leib des Kindes zu reißen. Vorher wurde, dank des neuen Telefons, ein Krankenwagen angerufen.

Drei Wochen schwebte das Kind zwischen Leben und Tod. In dem neuen Krankenhaus probierte man wissenschaftliche Entwicklungen aus, denn es war so viel Haut verbrannt, dass kaum eine Überlebenschance bestand. Die ganze Familie wechselte sich an dem Krankenbett des Kindes ab und die Ärzte bemühten sich redlich, dem armen Kind zu helfen. Aber es gab auch mindestens einen bösen Menschen, es war ein Kollege von Rudi, der die Frechheit besaß, Jette die Verletzung der Aufsichtspflicht vorzuwerfen. Bei all der Angst um das Leben des Kindes wurde Jette zusätzlich belastet und war zutiefst deprimiert. Aber das Kind überlebte, Gott sei Dank.

Isa war inzwischen von ihrer bösen Krankheit geheilt und nach eineinhalb Jahren aus der Spezialklinik entlassen worden. Sie hatte nach einer Prüfung mit viel eigenem Fleiß, den Anschluss in der Schule geschafft und war inzwischen schon Realschülerin. Am Krankenbett ihrer kleinen Schwester hatte sie ebenfalls viele Stunden verbracht. Sie war immer wie eine Mutter zu ihrer kleinen Schwester. Isa hätte auch gerne studiert. Aber schon während der Realschulzeit war der Familie das Geld so knapp, dass die großen drei Kinder nach Schulabschluss der achten Klasse alle eine Lehre beginnen sollten.

Jette wollte das mit dem Realschuldirektor besprechen. Ihr würde es schwerfallen, das Schulgeld zu zahlen, die Bücher, Hefte und Ausflüge bis zur zehnten Klasse. Aber der Direktor, ein sehr sozial eingestellter Pädagoge, befreite die Familie von derartigen Kosten, damit die Kinder in der Schule bleiben konnten. Sie hätten damit eine bessere Möglichkeit bei dem Einstieg in den Beruf, wenn sie einen Realschulabschluss hätten. Das war dann gut so.

Jedes Mal, bevor in der Realschule die mittlere Reifeprüfung anstand, machte die Abschlussklasse eine Fahrt nach Berlin. Die Schulklasse mit Lehrern und dem Direktor fuhr mit den Schülern in den westlichen Teil der Stadt. Sie sollten Geschichte live erleben. Sehr oft wurde den Nachkriegskindern zu dieser Zeit im Geschichtsunterricht von den Grauen des Zweiten Weltkrieges berichtet. Dass Deutschland den Zweiten Weltkrieg angefangen hatte, dass so viele Juden getötet worden waren, und immer wieder wurde in solchen Unterrichtsstunden von der Kriegsschuld geredet. Es sei wichtig, darüber zu sprechen, um Geschichte aufzuarbeiten, damit so etwas nicht noch einmal passieren könne. Dieser Dialog ist bis heute noch wichtig und richtig. Es wurde von denen vermittelt, die selbst am Krieg beteiligt waren, und die Kinder mussten das sehr häufig hören. Die Lehrer erzählten oft davon. Bei ihnen war alles noch so nah, sie hatten es gerade erst erlebt, und es wurde oft wiederholt. Sie benutzten manchmal die Unterrichtsstunden, um das Geschehene selbst zu verarbeiten und sich von Schuld frei zu machen. Einmal muss dieser Schuldvorwurf, mit dem sie sich oft ungeschickt beschäftigten, so stark gewesen sein oder schlecht formuliert, dass Isa in die Klasse hineinrief: „Ich war's doch gar nicht!" Damit hatte sie ihren Geschichtslehrer sehr verärgert. Sie hatte sich so gefühlt, als wäre die Schuld an sie weitergegeben worden.

Bei der Fahrt nach Berlin verließ man den Westsektor, kam mit dem Bus in den Ostsektor und wurde da zum ersten Mal von den uniformierten Herren der Volkspolizei kontrolliert. Die nächste Kontrolle war an der Grenze zu Westberlin. Dort gelangte man in den Berliner Westsektor. Jedes Schulkind hatte fürchterliche Angst, etwas falsch gemacht zu haben oder etwas bei sich zu tragen, was auf der Verbotsliste stand. Die Lehrer gaben den Kindern vor Grenzübertretung strenge Verhaltensregeln.

In Westberlin angekommen, ließ die Angst nach, aber auch da sah man bewaffnete, uniformierte Russen, die Wache hielten, wenn man zum Beispiel von Westberlin in den Ostsektor Berlins wollte. Bis 1960 konnten die Abschlussklassen nach Kontrolle durch die Russen in den Ostsektor gelangen. Der Übergangspunkt war das Brandenburger Tor. Dadurch konnte man noch gehen oder fahren. Zu der Zeit konnte man noch im russisch besetzten Ostsektor Berlins alle Sehenswürdigkeiten anschauen. 1961 wurde die fast unüberwindbare Mauer durch Berlin gezogen, die solche Besuche achtundzwanzig Jahre lang verhinderte.

Die Kinder von Jette und Rudi schafften alle den Realschulabschluss. Aber als Isa als einzige von den vier Kindern den Wunsch zu studieren hatte, sagte die Mutter, dass alle vier Kinder die gleichen Chancen haben sollen. Nach der Realschule hätten sie alle eine Ausbildung zu machen. Sie wollte da keine Ausnahme machen. Die älteste Tochter wurde Verkäuferin, Isa, das Zwillingsmädchen, Büroangestellte, der Sohn Heizungsbauer und die Kleine sollte später

Krankenschwester werden. Wenn sie alle das geschafft hätten, könnten sie sich auf dem zweiten Bildungsweg weitere Aufstiegsmöglichkeiten selbst erarbeiten. Den Eltern fehlte einfach das Geld und nur einem Kind das Studium zu ermöglichen, das wollten sie wegen der Gerechtigkeit allen anderen gegenüber nicht. Und so musste Isa ihren geheimen Wunsch erst einmal auf Eis legen. Der Junge arbeitete gleich auf die Meisterprüfung und eine Selbstständigkeit hin.

Zuhause in Westfalen, wo man die Städte, die über Steinkohlenbergwerke verfügten, großräumig jetzt als Ruhrgebiet zusammenfasste; dort wo inzwischen nicht nur Männer aus allen Teilen Deutschlands in den Bergwerken arbeiteten, sondern auch Gastarbeiter aus dem europäischen Ausland, war eine bunte Vielfalt. Sie kamen zum Beispiel aus Griechenland, Italien, Spanien und der Türkei. Es wurden in der freien Wirtschaft und bei den Zechen in diesem Ruhrgebiet eine Menge Arbeiter gebraucht, weil viele deutsche Männer im Krieg gefallen waren. Hier herrschte jetzt Frieden und Hochkonjunktur. Man konnte sich hier sesshaft machen.

Die Fremdarbeiter brachten ihre eigenen Kulturen mit. Es gab zum Beispiel Speisen, die die heimische Bevölkerung noch nicht kannte, wie Pizza und andere Gerichte, die bald auch in Gasthäusern angeboten oder von den deutschen Familien gekocht wurden. Italienische Eisdielen wurden eröffnet. Die Eiswagen mit leckerem Eis fuhren durch die Straßen. Der deutsche Bergmann ging einem neuen Hobby nach.

Er war zum Taubenzüchter geworden und pflegte den Taubensport. Umgangssprachlich wurden die Tauben als „Rennpferde des kleinen Mannes" bezeichnet. Es wurden sogar große Wettkämpfe veranstaltet.

In Jettes Familie ging das Leben weiter. Die große Tochter heiratete kurz nach der Lehre. Der Sohn musste nach der Lehre zur Bundeswehr. Da es inzwischen in Deutschland die gesetzliche Wehrpflicht gab, ließ er sich aber wegen der Liebe nach Süddeutschland versetzen und heiratete dort. Er bestand schon kurze Zeit später seine Meisterprüfung und gleich darauf machte er sich selbstständig. Isa, seine Zwillingsschwester arbeitete im Büro und machte nebenbei ihr Abitur. An ihrem Arbeitsplatz lernte sie ihren zukünftigen Ehemann kennen, weihte ihn in ihren Plan eine Pastorin zu werden, und sie erhielt von ihm ein Versprechen.

Sie heirateten und bekamen zwei Töchter. Als die zwei Kinder aus dem Gröbsten heraus waren, studierte Isa tatsächlich Theologie. Sie hatte einen liebevollen Ehemann, der es beruflich so einrichten konnte, dass er die beiden Mädchen gut versorgen und beaufsichtigen konnte. Er spornte seine Frau noch an und unterstützte sie, wo er nur konnte. Er hielt sein Versprechen.

Isa war die Tochter, die so viel Verständnis hatte für ihre Mutti. So wurde Jette von allen vier Kindern genannt. Ihr tat die Mutti leid, die damals zwar studieren durfte und Lehrerin war. Aber die keine Chance hatte, ihren Traum, Pastorin zu werden, von dem sie Isa erzählt hatte, zu verwirklichen. Isa glaubte, ihre Mutter würde glücklich sein, wenn sie das schaffen würde. Sie freute sich überschwänglich, ihren eigenen Berufswunsch damit erfüllen zu dürfen, dank der großzügigen Unterstützung ihres Ehemannes.

Isa war durch ihre zweimaligen schweren Erkrankungen schon sehr geschwächt, hatte aber dadurch eine gewisse mentale Stärke bekommen. Sie hatte nun mal denselben Berufswunsch wie damals ihre Mutter. Sie tat alles dafür, ihr Ziel zu erreichen. Isa hatte nicht nur das Starke, sondern auch das Liebevolle, das Versöhnende und das Positive ausgeprägt in sich.

Ihre Liebe zu Oma Anna und ihrer Mutter Jette war so stark, dass sie beiden einen Liebesbeweis geben wollte. Außerdem wollte Isa beweisen, dass sich die beruflichen Chancen in der letzten Zeit für Frauen verbessert hatten. Als Isa nach einigen Jahren in die Gemeinde eingeführt wurde, saß die ganze Familie in den ersten beiden Bänken der Kirche. Anna, Jette, Rudi, die Geschwister und viele aus der großen Verwandtschaft waren anwesend. Jette war glücklich und weinte Freudentränen während des Gottesdienstes. Anna saß schon im Rollstuhl, aber im Kopf war sie klar und ganz stolz auf ihr Enkelkind.

Es dauerte nicht lange, da saß Isa an Annas Krankenbett. Sie streichelte die Hand ihrer geliebten Oma. „Bitte Kind, du musst deine Mutter unterstützen, so wie ich es getan habe. Diesen einzigen Wunsch habe ich an dich!" bat Anna ihr Enkelkind. Isa versprach ihrer Oma, dass sie ihrer Mutter zur Seite stehen würde. Sie wusste, dass ihre Mutter zu gut und oft viel zu großzügig war, wenn es um ihre Kinder ging. Nach einigen tiefen Atemzügen schloss Anna die Augen für immer. Ihre geliebte Oma, das war für Isa bei all dem christlichen Glauben, den sie in sich hatte, emotional so belastend, dass sie nicht in der Lage war, einige Tage später den Trauergottesdienst zu halten.

JETTE UND RUDI - BIS DER TOD SIE SCHEIDET

Jette war jetzt mit Rudi allein. Die Kinder waren alle außer Haus. Rudi stand schon kurz vor seiner Pensionierung. Sie freuten sich immer, wenn ihre Kinder mit den Enkelkindern zu ihnen zu Besuch nach Hause kamen. Wenn das Leben in der Nachkriegszeit auch schwierig war für die Beiden, sind sie doch zusammengeblieben und waren eine gute Familie. Es gab immer mal wieder Streit unter den Eheleuten, bei dem es meist ums Geld ging. Die Partner vertrugen sich aber dann recht schnell und hatten sich dann oft vor den Kindern in den Arm genommen. Dieses Vertrauen, das sie durch das Einlenken und Verzeihen ihren Kindern damit weitergegeben haben, hat sie alle zu einer großen und glücklichen Familie zusammenwachsen lassen. Alle Kinder waren glücklich darüber, dass die Familie sich nicht trennte. Sie liebten ihren Vater, aber wussten in ihrem Inneren, dass sie dieses hohe Gut, noch eine Familie zu sein, ihrer geduldigen, liebevollen Mutter zu verdanken hatten. Die Eheleute hatten besonders während Rudis Gefangenschaft jeder für sich schwerste Zeiten überstanden. Wenn Jette ihrem Mann nicht mit so viel Toleranz und Verständnis begegnet wäre, hätten sie alle dieses Familienglück nicht erleben können. Er tat ihr leid, weil er so gelitten hatte, und sie war froh, dass er wieder heimgekehrt war.

Rudi und Jette reisten jetzt oft zu ihrem Sohn nach Süddeutschland, machten im Sommer schöne Urlaubsreisen und hatten sich bald einen kleinen Hund angeschafft. Im

Garten waren für die Enkelkinder Spielgeräte aufgebaut worden und man saß in den schicken Gartenstühlen. Man verzichtete inzwischen auf den Anbau von Gemüse und nutzte den Garten nur noch als Ziergarten. Man traf sich ganz einfach, nur um zusammen zu sein, auch ohne besonderen Grund wie zum Beispiel zu einer Geburtstagsfeier.

Jedes Kind von Jette und Rudi hatte sein gutes Einkommen, sein eigenes Zuhause und eine Familie mit Kindern. Isa hatte zwei Mädchen, die älteste Tochter von Jette und Rudi hatte drei Kinder, der Sohn zwei und die jüngste Tochter gebar etwas später zwei Kinder. Und gab es einmal Schwierigkeiten, stand man sich gegenseitig bei. Besonders zu Weihnachten wurden bei Oma und Opa gemeinsam mit allen die Feiertage verbracht. Am Heiligen Abend durfte niemand fehlen. Es wurde gesungen, man beschenkte sich gegenseitig und Jette hatte immer leckeres Essen für alle vorbereitet.

Mit Rudi gab es plötzlich Probleme. Bei einer Routineuntersuchung wurde ein Blasenkrebs diagnostiziert. Er wurde operiert. Schon dabei war etwas schiefgelaufen. Es gab Komplikationen und er musste erneut operiert werden, sodass sein Aufenthalt im Krankenhaus sehr lange dauerte. Rudi hatte bisher alles Finanzielle allein geregelt. Seine Jette besaß nicht einmal eine Kontovollmacht. Dadurch hatte sie keine Möglichkeit an ihr Wirtschaftsgeld zu kommen. Selbst hatte sie auch keinerlei Erfahrung, wie sie das an der Kasse regeln und wie sie das Finanzielle in der Zukunft verwalten sollte. Deshalb bat sie Isa, die einzige, die in der Lage war, ihrem Vater deutlich zu machen, dass es so nicht weitergehen kann und dass das zu allererst geregelt werden müsse. Auf Isa hörte der Vater.

Jette bekam zum ersten Mal in ihrem Leben eine Kontokarte. Isa unterstützte sie dabei, als Jette mit zittrigen Händen diese in den Schlitz des Auszugsdruckers steckte. Überrascht erfuhr sie jetzt, nach fünfzig Jahren zum ersten Mal, wie viel Geld aus der Pension ihr Mann monatlich zur Verfügung hatte. Sie war schockiert, wie wenig sie davon immer abbekommen hatte. Rudi lebte immer nach den Bestimmungen des alten Regimes weiter und sah solche Dinge noch als Selbstverständlichkeit an. Er hätte von sich aus freiwillig niemals etwas geändert. Einiges, was er aus dem Hitler Regime übernommen hatte, konnte und wollte er selbst in seinem so schlauen Kopf nicht ändern.

Nach der schwierigen Operation hatte Rudi das Gespür dafür bekommen, dass das Leben endlich ist. Vielleicht würde er nicht mehr lange leben, obwohl er als geheilt galt.

In den letzten Jahren war er regelmäßig mit Jette zu seinem Sohn nach Süddeutschland gereist, um sich dort die ständigen Erweiterungen und Modernisierungen der neuen Firmengebäude anzuschauen. Er hatte den Wunsch, das noch einmal erleben zu dürfen. Vor dieser Reise sollte aber noch die Feier der Goldenen Hochzeit stattfinden.

Die drei Töchter bereiteten für ihre Eltern eine unvergesslich schöne Feier vor. Mit dem Segen in der bis zum letzten Platz gefüllten Kirche und einer anschließenden Feier im Gemeindehaus, wurden die Eltern mit Klaviermusik und Textbeiträgen gelobt und geehrt. Sie waren darüber in einer riesengroßen Feierrunde mit der gesamten Familie und Verwandten vollkommen glücklich. Auch Nachbarn, Freunde und Bekannte, alle waren eingeladen und feierten ein unvergessliches schönes Fest. Rudi und Jette tanzten den Schneewalzer, als wären sie weder alt noch krank und besonders Jette war so glücklich. Sie war wunderschön in Samt und Seide gekleidet. Eine Enkelin hatte sie sogar attraktiv geschminkt.

Das Geschenk der Kinder, eine Reise nach Wien mit den Eltern, brachte viel Freude. Ein Enkelkind, das vorher ihre Oma Jette ausgefragt hatte, erzählte bei der Feier die Geschichte der Großeltern von damals, von dem Aufbruch in Ostpreußen. Wie die hiesigen Bauern hier in Westfalen auf die hinzugezogenen Menschen reagiert haben, wie man sich integriert hat und bis heute glücklich ist in diesem schönen Ruhrgebiet, dass hier die Menschen sehr aufgeschlossen sind und dass das Völkergemisch eine ganz besondere Art von Menschen hervorgebracht hat.

Noch reichte die Kraft des kranken Rudi für die Reise nach Wien. Mit seiner Jette besichtigte er die interessantesten Sehenswürdigkeiten, den Stephansdom, die Schlösser. Besonders gefiel ihm der Ausflug zum Schloss Schönbrunn. Zuhause angekommen, drängelte er schon wieder, seine Wunschreise anzutreten, er wollte ja unbedingt noch zu seinem Sohn und seiner Familie und sich deren Lebenswerk anschauen. Beide reisten sie mit dem Zug und wurden von dem Sohn am Bahnhof abgeholt. Sie erlebten noch traumhafte Tage dort in der Familie. Stolz hat sich Vater Rudi angeschaut, was sein Sohn aus dem Nichts in Süddeutschland aufgebaut hatte.

Doch plötzlich bekam Rudi Schmerzen und musste dringend ins Krankenhaus eingeliefert werden.

Sein Zustand hatte sich von jetzt auf gleich dramatisch verschlechtert. Er musste für ein paar Wochen ins Hospital. Als er entlassen wurde, war er so schwach, dass er den Rückweg nach Hause mit dem Zug nicht mehr schaffen konnte. Die Familie überlegte, wie sie den Vater heimbringen könnten. Der Sohn, der als Geschäftsmann viele Termine hatte und der Schwiegersohn war auch noch voll berufstätig, also konnte das jeder für sich allein nicht leisten. Deshalb teilten sich beide die Fahrt. Der Sohn fuhr die halbe Strecke Richtung Westfalen, traf sich an einem zuvor festgelegten Ort mit dem Schwiegersohn und dieser holte den Vater auf halber Strecke dann nach Hause.

Zuhause angekommen war er von da ab bettlägerig. Jette pflegte ihn monatelang. Sicher, sie war einige Jahre jünger als ihr Mann, aber ihr Leben war immer von harter Arbeit geprägt gewesen. Wenn jemand leidet, den man liebt, leidet man auch mit. Sie schliefen zusammen im Schlafzimmer, da fand sie kaum Ruhe in der Nacht. Tagsüber musste sie pflegen, kochen, putzen, waschen und wie ein Wiesel hin- und herlaufen. Das zerrte an ihren Kräften und nur in seiner letzten Lebenswoche war Rudi im Krankenhaus, weil man noch versuchen wollte, seinen Zustand ein wenig zu verbessern. Aber es war schon zu spät und man konnte nur noch seine Schmerzen lindern. Man legte ihn auf ein Einzelzimmer und Isa übernahm die Nachtschichten im Krankenhaus, damit sich Jette etwas erholen konnte. In der letzten Nacht erzählte Rudi ganz aufgeregt Kriegsgeschichten. Am Tag darauf schnappte er nur noch nach Luft.

Als ob alle gerufen worden waren, stand die gesamte Familie bei seinen letzten Atemzügen um sein Bett herum. Isa hielt seine Hand, aber Jette fehlte, sie hatte es nicht mehr aushalten können. Es tat ihr zu weh, sie hatte keine Kraft mehr.

Es war nicht immer leicht mit ihrem Rudi, aber sie hatte nie aufgehört, ihn zu lieben. Mit ihrer Kraft und Liebe hat sie eine wunderbare Familie zusammengehalten.

Pastorin Isa hielt in der überfüllten Kirche den Trauergottesdienst für ihren Vater Rudi. Sie würdigte das Lebenswerk ihres Vaters. Er hatte den vier Kindern ein schönes Zuhause gebaut, er bildete sich noch als Lehrer weiter zum Realschullehrer, nachdem er aus russischer Kriegsgefangenschaft entlassen worden war. Er hatte seine Familie mit seinem Arbeitseinsatz vor Hunger und Not bewahrt und mitgeholfen, dass sie in Frieden leben konnten. Aber er hatte es nicht alleine geschafft, seine gute Ehefrau Jette war immer an seiner Seite. Genau an diesem Tag wurde Mutter Jette eine besondere Ehre zuteil. Sie war an dem Lebenswerk von Rudi mit ganzer Kraft beteiligt und nur ihrer Liebe war es zu verdanken, dass die ganze Familie zusammengeblieben war. Die komplette Familie verneigte sich vor dieser großartigen Frau, und sie nahmen gemeinsam Abschied von ihrem lieben Mann und Vater.

Nach der bewegenden Trauerfeier überlegten die Kinder, wie sich ihre Mutter am besten erholen könnte. Mit ihrer Trauer alleine lassen wollte man sie nicht, selbst wenn man sie zur Kur schicken würde. Das wäre nicht gut für sie!

JETTES SELBSTBESTIMMTE LEBENSJAHRE

Isa und ihre Familie hatten sowieso Urlaub geplant und sie entschlossen sich, Jette einfach mitzunehmen. An den Armen gestützt schaffte Jette es nicht einmal vom Parkplatz, der vor dem Haus lag, bis zur Eingangstür des Ferienhauses zu laufen. Ihr Herz war zu schwach. Sie war so abgearbeitet und nach Rudis Tod sehr traurig. Isa und ihr Mann stützten sie. Als es ihr am nächsten Morgen immer noch nicht gut ging, fuhr Isa mit ihr zur Apotheke, denn Mutter Jette wollte sich Vitamine kaufen. Isa sah bei der Gelegenheit, wie ihre Mutter plötzlich die Hände zu Fäusten ballte und sagte: „Ich will leben, tun was ich möchte!" Da wusste Isa jetzt, bei ihrer Mutter würde es bald wieder aufwärts gehen.

Jette tat der Urlaub gut. Nach einiger Zeit hatte sie ihre alte Form wiedererlangt. Durch ihre positive Lebenseinstellung war sie bereit, alles so anzunehmen, wie es ist und das Beste aus allem zu machen. Diese Eigenschaft war ihr angeboren. Sie war und blieb der liebevolle Mittelpunkt der Familie, die sich über jedes Familienmitglied freute und es so annahm, wie es von Gott geschaffen war. Eigentlich war sie nicht nur der Mittelpunkt, sondern ein gutes Familienoberhaupt, so wie damals Anna. Sie überraschte auch manchmal mit weisen Sprüchen. Zu keiner Familienfeier durfte sie fehlen. Ihre große Leidenschaft war das Kochen, was sie auch bei allen Feiern immer übernahm, selbst dann, wenn die Feiern nicht gerade bei ihr stattfanden.

Jette lebte jetzt mit ihrer jungen Tochter in ihrem Haus, weil diese sich von ihrem Mann getrennt hatte und mit ihrem Kind dringend eine Unterkunft benötigte. Das tat Jette gut, sie war jetzt nicht mehr alleine. Zu dieser Zeit machte sie sich Gedanken darüber, wie sie ihr Häuschen einmal gerecht an ihre vier Kinder vererben könnte, so dass niemand benachteiligt würde. Zuerst holte sie sich Rat bei einer guten Notarin, die ihr schon länger freundschaftlich zur Seite gestanden hatte.

Dann holte sie ihre Kinder an den Tisch, um mit ihnen zu klären, wie sie ihr kleines Häuschen mit großem Garten unter ihren Kindern so aufteilen könnte, dass alle in Zukunft damit zufrieden leben würden. Sie wollte das gern vor ihrem Tod geklärt haben und damit klare Verhältnisse zu Lebzeiten schaffen. Ihre Gedanken dabei waren, friedlich irgendwann sterben zu können mit dem Wissen, dass es dann keine Streitigkeiten mehr um das Erbe geben würde.

Der Sohn, der Geschäftsmann, hatte Geld zum Bauen und sollte das freie Grundstück am hinteren Gartenende bekommen. Das Siedlungshaus war ein Eckgrundstück und der Garten endete an der Seitenstraße. Die jüngste Tochter mit dem kleinen Kind, der es wirtschaftlich nicht so gut ging, sollte ein lebenslanges Wohnrecht oben im Haus eingeräumt bekommen, dort, wo sie jetzt bereits wohnte. Sie sollte mit ihrem Kind für immer ein Zuhause haben. Jette selbst wollte sich im Erdgeschoss ebenfalls ein lebenslanges Wohnrecht vorbehalten. Isa sollte dann als alleinige Hauserbin den Beiden das gesetzliche Wohnrecht geben und sie könnte auf dem Grundstück auch noch ein eigenes Haus anbauen. Die älteste Tochter sollte von allen zusammen eine Abfindungszahlung erhalten. Das war der Lösungsvorschlag von Jette und jeder war einverstanden. Sie gingen gemeinsam zur Notarin und schlossen den entsprechenden rechtlichen Vertrag dafür ab. So blieben alle untereinander Freunde, die sich miteinander verbunden fühlten und ihre Mutter bis zum Ende liebten. Der Familienfrieden war dauerhaft gerettet.

Jette fiel mit dieser Lösung ein Stein vom Herzen und war sehr erleichtert. Ihre Freude über die Baumaßnahmen für das weitere Haus, die bald beginnen sollten, war groß. So nahm Jette für die Zeit, die ihr blieb, alles in die Hand und war sehr glücklich mit ihren vier Kindern und den vielen Enkelkindern. Zuvor hatte die jüngste Tochter noch einen Sohn bekommen.

An Isa hatte Jette noch einen großen Wunsch. Im Mädchengymnasium hatte Jette damals eine Freundin kennengelernt, die Ärztin werden wollte. Diese hatte sie auf einem von Jette organisierten Klassentreffen nach langer Zeit wiedergesehen. Die Freundin war wirklich Internistin geworden, hatte aber einen Grafen geheiratet. Jette war von ihr eingeladen worden und hatte nun den Wunsch, diesen Plan zu verwirklichen und sie zu besuchen. Isa hatte sofort Lust, ihrer Mutti den Wunsch zu erfüllen. Sie selbst war ein bisschen neugierig auf das Ereignis.

Sie wollten mit dem Zug fahren, weil Isa keine gute Autofahrerin war. Bei der Ankündigung ihres Besuches bei Gräfin Ira von Buxsburg fühlten sie, dass sie ehrlich und herzlich bei ihr willkommen waren. Sie kauften Fahrkarten. Beide Frauen fuhren mit dem Zug in die Stadt, in der die Gräfin wohnte. Das Anwesen befand sich etwas außerhalb in einer ländlichen Umgebung. Blumen wollten sie erst am Ankunftsort frisch einkaufen. „Am liebsten würde ich langstielige Rosen kaufen. Ich weiß, dass Ira Rosen liebt." sagte Jette. Gesagt, getan.

Mit dem Taxi ließen sich die zwei Reisenden dann zu dem Anwesen fahren. Alles lief wie geplant. Empfangen wurden sie von der Gräfin persönlich, deren Erscheinung einer der am längsten regierenden Königinnen ähnlichsah. Dunkelrotes Spitzenkleid, Diadem im Haar, so stand sie unter ihrem Eingangsportal, was Jette an das schlossähnliche Gutshaus erinnerte. Die Gräfin führte ihre Besucher in den Salon. Auf dem Weg dahin sah man überall nur kostbaren Marmor, wertvolle Gemälde und prächtige Kronleuchter. Im Salon fiel sofort die altrosa Plüschcouch ins Auge, worauf sich Ira von Buxburg fast theatralisch selbstbewusst niedersinken ließ. Dabei entstand für die beiden Besucherinnen ein Bild wie von einer Königin, die zur Audienz geladen hatte. Mit einer freundlichen Geste wies die den beiden Damen einen bequemen Platz in zwei feudalen Sesseln zu, die in der Nähe der Couch angeordnet waren. Alles war vom Feinsten.

Aber es waren auch Alarmanlagen an vielen Stellen installiert. So ist es, wenn man reich und allein ist. Die Gräfin war ständig in Angst, es könnte jemand einbrechen. Bisher gab es nämlich schon zwei Versuche.

Zuerst zeigte sie ihren Gästen den Palast. Sie sagte: „In wenigen Minuten kommt mein Butler, der fährt euch zu einem mir bekannten Restaurant. Ihr seid sicher hungrig nach der langen Reise." Der Butler kam und erhielt von Frau Gräfin ein paar 100 DM Scheine in die Hand. Dann chauffierte er die beiden Frauen in einer schicken Karosse in das angeblich elegante Speiselokal. Er fuhr sie aber nicht in das Lokal, das die Gräfin gemeint hatte, sondern in ein Schnellrestaurant eines großen Kaufhauses. Das war schon der erste Lacher der beiden. Sicher profitierte der „feine" Herr im grünen Jackett mit den Goldknöpfen von dem Gewinn, den er dadurch erzielt hatte. Dann wurden die Gäste zum kleinen Schlösschen zurückgefahren, wo die Gräfin bereits mit einer Torte auf die zwei Frauen wartete. Natürlich hatte sie diese Torte nicht selbst gebacken, sondern von einer Dame ihres Personals zubereiten lassen. Die Torte sah nicht nur schön aus, sie schmeckte auch wirklich ausgezeichnet.

Nach dem Kaffee präsentierte die Gräfin ihren begehbaren Kleiderschrank. In einem sehr großen Raum, der von drei Seiten aus Schränken bestand und vorne offen war, sah man Kleidung als wäre man in einem Kaufhaus. In der Mitte standen Spiegel und Sessel. Es war beeindruckend.

Bei einem teuren Versandhaus hatte Frau Gräfin eine Winterjacke in der Größe von Jette bestellt, die sie sofort anprobieren sollte. Die Jacke passte Jette genau und gefiel den beiden gut. Dann ließ man sich in den bequemen Sesseln nieder und Gräfin Ira holte noch ein paar kleine Geschenke aus einer Kammer, die sie schon für den Besuch vorbereitet hatte. Für Jette und Isa hatte sie goldene Brillenetuis gekauft und Isa bekam noch ein hübsches silbernes Körbchen geschenkt.

In dem Salon erzählte die Gräfin dann, wie ihr Eigentum verwaltet würde und dass sie ihrem Personal unkontrolliert glauben würde. Bei der Schilderung, wie das alles ablaufen würde, bemerkten die Gäste schon Unregelmäßigkeiten. Das Verhalten des Butlers, der sie in das billige Schnellrestaurant statt in das feine Lokal geführt hatte, trug auch zu dem Misstrauen bei. Irgendwas konnte hier nicht stimmen! Die beiden Besucherinnen sagten jedoch nichts dazu. Sie machten sich aber ihre eigenen Gedanken und hielten die Ira von Buxburg für zu gutgläubig.

Die Gräfin hatte keine Kinder, nur zwei gierige Schwestern, die immer von ihrem Geld nach Mallorca fuhren. Sie selbst konnte leider nicht mehr reisen. Sie hatte ein schwaches Herz und konnte auch nicht mehr so gut laufen. Ihr Ehemann, der Graf, war zu der Zeit, als Isa und Jette sich bei der Gräfin aufhielten, nicht anwesend. Ira wusste nicht genau, wo sich ihr Mann befand, sie nannte nur den klangvollen Namen eines Schlosses.

Am Abend verabschiedeten sich die zwei Besucherinnen herzlich von der reichen Frau. Gräfin Ira war zwar materiell sehr reich, im Vergleich zur glücklichen Jette aber sehr arm in Bezug auf Lebensfreude und Lebensfreunde.

Leider litt sie auch unter ihrer Kinderlosigkeit und war darüber sehr unglücklich. Geld war eben nicht alles und nur Geld allein macht auch nicht glücklich.

Bei der Verabschiedung spürten die Gäste, dass die Gastgeberin sie gern noch ein wenig länger bei sich behalten hätte und Angst hatte, nun wieder einsam sein zu müssen. Die Besucherinnen hatten ihrem eintönigen Leben Abwechslung gebracht und sie war in der Zeit richtig aufgeblüht.

Die Gräfin steckte ihrer Freundin noch einen Brief in die Tasche der geschenkten Jacke. Isa und Jette fuhren wieder mit dem Taxi zum Bahnhof zurück. Als sie auf dem Bahnsteig standen und auf den Zug warteten, sagte Isa: „Mutti mach mal bitte den Briefumschlag auf!" Jette öffnete den Umschlag und hatte zur Überraschung zum ersten Mal in ihrem Leben einen 500 DM-Schein in der Hand. Die Frauen machten vor Freude ein Tänzchen auf dem Bahnsteig und wurden von den wartenden Fahrgästen lächelnd oder kritisch betrachtet.

Gräfin Ira starb nach einigen Monaten. Das handgeschriebene Testament, in dem auch Jette bedacht worden war, haben die zwei Schwestern der Gräfin heimtückisch zerrissen und vernichtet. Naiv, wie sie waren, riefen sie Jette noch an und teilten ihr mit, was sie mit dem Testament gemacht hatten. Da die Schwestern damit eine Straftat begangen hatten, hätte Jette sie verklagen können. Aber dazu war sie zu gutmütig und verzichtete darauf, den beiden Schwierigkeiten zu bereiten.

Die Vernichtung des Testamentes war eine große Dummheit, weil nun die gesetzliche Erbfolge galt. Das bedeutete, dass der Ehemann von dem Erbe der Gräfin den höchsten Anteil bekommen hatte und die Schwestern dadurch viel schlechter gestellt waren.

DER TOD VON JETTES ÄLTESTER TOCHTER

Zwei von Jettes Kindern bauten nacheinander zwei Häuser. Zuerst war der Neubau des Sohnes fertiggestellt. Später dann entstand das Haus von Isa und ihrem Ehemann in der schönen Siedlung. Das Erbe von Jette war gut angelegt worden. Aus einem kleinen Siedlungshaus waren plötzlich drei prächtige Bauten geworden. Jettes Sohn hatte ein alleinstehendes Haus mit dem Eingang zur Nebenstraße gebaut. Mit dem neuen Anbau an das renovierte Haus sahen alle drei Gebäude hintereinander schön und praktisch aus. Es war zwar nicht mehr viel Gartenfläche vorhanden, aber alles war groß genug, dass jeder noch eine Terrasse oder einen kleinen Garten für sich hatte. Vorher war der riesengroße Garten für alle eine Last geworden, denn alle Kinder waren berufstätig, und Jette allein konnte keinen Garten mehr pflegen. Damit war auch dieses Problem gelöst.

Als Jette 80 Jahre alt wurde, gab es eine große Geburtstagsfeier. Nachbarn, Freunde, Verwandte und alle anderen Gäste wurden in Isas Wohnung bedient, die sich jetzt neben Jettes befand. Das Geburtstagskind empfing viele Gäste. An diesem Tag äußerte Jette einen bestimmten Wunsch. Sie wollte ein einziges Mal in ihrem Leben mit allen zusammen in ein Spielcasino gehen. „Ich lade dort die ganze Familie zum Essen ein. Als Überraschung bekommt jeder von euch einen 50-DM-Schein in die Hand gedrückt. Den kann er im Casino einsetzen." Die große Familiengruppe wurde dort angemeldet, erschien fast komplett und genoss das Essen und die ungewöhnliche Atmosphäre.

Man hatte viel Spaß und natürlich gewann niemand Etwas, sondern jeder hatte seinen Einsatz am Ende verspielt. Das war aber allen gleichgültig. Es zählte allein das tolle Erlebnis.

Von ihren Kindern hatte Jette ein schönes Geburtstagsgeschenk bekommen. Ihre Wohnung im Erdgeschoss ihres Hauses war behindertengerecht umgebaut worden. Eine feine, begehbare Dusche wurde installiert. Eine praktische Einbauküche, neue Schränke im Wohnraum, auch die Holzdecken und die Türen, alles war Echtholz aus heller Eiche. Neue bequeme Polstermöbel und ein Tisch standen nun im Wohnraum. Im Spaß sagte Jette scherzhaft: „Ihr habt mich gar nicht gefragt! Vielleicht hätte ich auch gerne eine lilafarbene Küche gehabt." Alle lachten. Aber Jette war stolz und glücklich über die schicke Einrichtung.

Gerne kaufte sich Jette auch schicke Kleidung. Immer wieder wollte sie gerne shoppen gehen und gönnte sich jetzt die schönsten Kleidungsstücke. Manchmal war sie ein bisschen ausgeflippt und sagte: „Am liebsten würde ich mir die Haare blau färben." Sie hatte so viel nachzuholen. Immer hatte sie verzichtet und sich selbst in den Hintergrund gestellt. Da ihre Kinder alle gut versorgt waren, konnte sie jetzt mit ihrem Geld machen, was sie wollte und sich jeden Herzenswunsch erfüllen.

Schon vor ihrem 80. Geburtstag hatte sie an vielen gesellschaftlichen Veranstaltungen teilgenommen. Sie besuchte häufig das Theater, nahm an Karnevalsveranstaltungen teil, meldete sich in einem Chor an und ging regelmäßig ins Schwimmbad. Kurz gesagt, sie blühte richtig auf und unternahm viel. Oft besuchte sie auch ihre Freundin Lisbeth. Diese war früher Annas Freundin, bevor Anna starb. Da Lisbeth aber viel jünger als Anna war, sah sie jetzt deren Tochter Jette als ihre Freundin an. Lisbeths Ehemann Christian war auch verstorben. Er war nicht, wie viele andere Männer, im Krieg gefallen, sondern er war Steiger bei der Zeche gewesen und hatte die Verantwortung für viele Bergmänner unter Tage gehabt.

Im Streb gab es einen Stempelbruch, die Konstruktion war eingestürzt. Steiger Christian rettete sieben Knappen das Leben, die schon fast verschüttet waren. Er befreite sie aus den Trümmern und zog sie heraus, so dass diese noch entkommen konnten. Dann lief er zurück und wollte noch einmal nachschauen, ob noch ein weiterer Kumpel im Streb zu retten wäre. Gerade in diesem letzten Moment brach noch eine Ladung Kohlen und Geröll hinterher, von der er erfasst wurde. Der gute Steiger Christian, der seine Mitarbeiter gerettet hatte, lag nun selbst unter den herabgestürzten Massen begraben und konnte nur noch tot geborgen werden. Er stand kurz vor seiner Pensionierung. Seine heldenhafte Tat rettete sieben Bergleute. Bei seiner Trauerfeier wurde er von einer riesigen Menschenmenge zum Grab begleitet und für seine heldenhafte Tat geehrt.

Beide Freundinnen, Lisbeth und Jette, hatten ihre Ehemänner verloren. Beide Trauerfeiern gingen den Menschen sehr zu Herzen.

Aber noch ein Ereignis mussten die beiden Freundinnen fast zur gleichen Zeit gemeinsam verkraften. Lisbeths Sohn, der Geschäftsführer bei einem Autohersteller war und deshalb ein komfortables Auto besaß, fuhr gerne übermäßig schnell damit. Da die schönen Autobahnen, die schon vor Kriegsbeginn großzügig in Deutschland gebaut worden waren für schnelle Fahrer verführerisch waren, machte Uwe gerne Gebrauch davon und fuhr oft viel zu schnell. Nach Feierabend, bei einem Überholmanöver geriet er in die Leitplanken und starb noch an der Unfallstelle.

Ebenfalls fast zur gleichen Zeit, starb auch Jettes älteste Tochter. Die Erstgeborene war eine liebevolle, schöne und fleißige Frau, die oft zu ihrer Mutter kam und sie liebevoll umsorgte. Dass sie eine Krankheit hatte, das wollte sie ihrer lieben Mutti gar nicht erzählen, damit sich diese keine Sorgen machte. Man merkte der Kranken zwar eine Veränderung ihres Verhaltens an, aber wenn man nach ihren Gründen dafür Fragen stellte, wich sie aus. Sie kam ins Krankenhaus und erhielt dort eine Chemotherapie und Bestrahlungen. Dann erfuhren ihre Kinder und Geschwister von Ihrer Leukämie Erkrankung. Die ahnungslose Mutter Jette wurde wegen einer Herzschrittmacher Operation zufällig zur selben Zeit in dasselbe Krankenhaus eingeliefert und wartete auf den Eingriff, auf den sie noch vorbereitet werden musste.

Als die junge Kranke ihre kranke Mutter in ihrem Krankenzimmer besuchte, kam zufällig ein Arzt herein, der beide Frauen als Patientinnen kannte und jetzt erfuhr, dass es sich um Mutter und Tochter handelte. In diesem Moment sagte er nichts zu der Situation. Am nächsten Tag aber, als er bei Jette die Visite durchführte, sagte er wörtlich zu der alten Frau: „Ihre Tochter wird dieses Krankenhaus nicht mehr lebend verlassen!" Das Gesagte wirkte in Jette und löste bei ihr einen Herzinfarkt aus, der Gott sei Dank schnell behandelt werden konnte. Wäre Jette nicht im Krankenhaus gewesen, hätte sie den Infarkt vielleicht nicht überlebt. Wäre sie aber zu dem Zeitpunkt nicht dort gewesen, hätte sie vielleicht auch keinen Infarkt bekommen.

Aber es dauerte noch einige Zeit, bis der Zustand von Jettes Tochter so schlecht war, dass die Sterbephase eintrat.

Jette hatte im Krankenhaus noch den nötigen Herzschrittmacher bekommen und konnte schon nach einigen Tagen nach Hause entlassen werden. Ihre Tochter litt weiter. Die ganze Familie, Kinder, Geschwister, Nichten und Neffen wechselten sich ab und ließen die schwerkranke Sterbende nicht einen Moment allein. Es dauerte und dauerte, und das Leiden konnte man kaum mit ansehen und belastete alle stark. Eines Tages kam ein Psychologe ins Krankenzimmer und bat die Angehörigen, in sein Zimmer zu kommen. Er fragte, ob es irgendjemanden in der Familie geben würde, von dem sich die Sterbende noch nicht verabschiedet hätte. Alle überlegten und kamen zu der Erkenntnis, dass es sich nur um ihren Bruder handeln könne, der in Süddeutschland wohnen würde.

Die Familie zögerte nicht und rief am selben Tag noch den Bruder an, der zwar durch sein Unternehmen sehr stark beschäftigt war, trotzdem aber sofort bereit war, in den Zug zu steigen, um sich von seiner Schwester zu verabschieden. Isa und ihr Ehemann holten ihn nach einer langen Zugfahrt am Bahnhof ab. Sie fuhren sofort zum Krankenhaus. Wie ein Wunder war es, der Bruder hatte sich von seiner Schwester gerade verabschiedet, und etwa zwanzig Minuten später schloss sie für immer die Augen. Für alle aus Jettes Familie war das ein schrecklicher Tod, und sie kamen alle im Schmerz vereint zusammen.

Isa hing sehr an ihrer Schwester. Sie waren immer ein Herz und eine Seele gewesen. Als sie von dem Tod ihrer Schwester erfuhr, musste sie weinen und schreien, denn sie war kurz vorher noch bei ihr. Isas Ehemann konnte keine Tränen sehen. Damit konnte er einfach noch nie umgehen. Um ihn zu schonen, fuhr Isa zum nahegelegenen Wäldchen, wo sie niemand hören konnte und schrie und weinte dort, so laut sie konnte. War sie noch bei ihrem Vater stark gewesen und hatte ihm noch einen würdevollen Trauergottesdienst zelebriert, für ihre Schwester konnte sie das nicht. Sie war emotional nicht in der Verfassung.

Jetzt musste auch Jette mit der schlimmsten Tatsache in ihrem Leben fertig werden. Sie hatte ihr erstgeborenes Kind verloren. Das war ihr härtester Schlag im Leben. Zum Glück war sie im Glauben stark, das gab ihr Kraft. Ihre zwei jüngeren Mädchen mit ihren Familien wohnten Gott sei Dank bei ihr. Täglich sahen sie sich und trösteten sich gegenseitig. Es war eine traurige Beerdigung zu überstehen, bei der keiner aus Jettes Familie fehlte. Die Trauer bewältigten sie alle gemeinsam. Weil ihr Sohn weit weg in Süddeutschland wohnte, rief er täglich seine Mutter an und kam sie so oft es ging, um sie zu besuchen. Er wusste, dass ihre Töchter in beiden Häusern neben ihrer Mutter wohnten und sich liebevoll um sie kümmerten.

Mindestens ein Jahr lang dauerte die schreckliche Trauer für alle an.

EIN GLÜCKLICHES, ERFÜLLTES LEBEN UND NOCH ZWEI GANZ BEWEGENDE MOMENTE

Besonders die drei Kinder von der Verstorbenen brauchten den Beistand ihrer Oma und den Tanten. Sie waren schon fast erwachsen, wurden aber mit dem Verlust ihrer Mutter nur sehr schlecht fertig. In dieser Situation kann mal wieder nur Familie und Gemeinsamkeit helfen. Jette, Isa und ihre jüngere Schwester standen diesen Kindern jetzt bei.

Jette war nach dem Einsetzen des Schrittmachers körperlich stärker geworden. Sie hätte ihn schon viel früher haben müssen. Er hat ihr Leben um weitere neun Jahre positiv verlängert. Sie erreichte ein hohes Alter, war unternehmenslustig und freute sich auf jeden Tag. Besonders lag ihr die berufliche Weiterentwicklung ihrer Enkelkinder am Herzen. Für jedes Problem war sie da, aber auch für besonders viele Freuden und sie versuchte immer schöne Momente zu schaffen.

Allein sieben Hochzeiten ihrer Enkelkinder durfte sie miterleben. Drei davon fanden in ihrer vererbten Hausanlage statt. Feiern und Reisen, vor allem zu ihrem Sohn, das war ihr Leben. Gern machte sie sich auch mal schick. Wenn alle gut versorgt waren, gönnte sie sich selbst was. Sie hat alles nachgeholt, was sie sich früher nicht leisten konnte.

Aber ihr Lebensglück war ihre Familie. Scherzhaft bezeichnete sie sich selbst als eine Glucke, um die alle Küken immer herumhüpfen. Genauso war es bei ihr.

Im April 1989 reisten Isa und ihr Ehemann nach Berlin. Am liebsten wäre Jette da auch mitgefahren, denn sie hatte Berlin noch nicht kennengelernt. Ihre jüngere Tochter kümmerte sich liebevoll um sie. Die zwei Reisenden mussten die gesamte Prozedur der Kontrolle wegen der Durchreise durch den Ostsektor noch mitmachen. Isa erinnerte sich an das Ende ihrer Schulzeit und ihrer Abschlussfahrt nach Berlin. Die bunten Graffitis an der Betonmauer gab es zu der Zeit noch nicht.

Eigentlich war Isa beruflich in Berlin und konnte das Angenehme mit dem Nützlichen verbinden. Sie war gebeten worden, einen besonderen Gottesdienst zu halten, der ihr wunderbar gelungen war. Als wenn es eine Eingebung gewesen wäre, dachte sie an Wiedervereinigung, aber gleichzeitig war sie wieder voller Hoffnungslosigkeit und verwarf den Gedanken. Es schien, als würde es immer so bleiben.

Wenn ich nur noch einmal durch das weltberühmte Brandenburger Tor laufen könnte, dachte sie. Sie begnügte sich mit den möglichen Besichtigungen der Sehenswürdigkeiten, einer Stadtrundfahrt, einiger Theaterbesuche und machte

mit ihrem Mann des Öfteren einen Bummel über den Ku-
damm und shoppte ein bisschen. Auch im Kaufhaus des
Westens, das bis heute noch KADEWE genannt wird, kaufte
sie ein. Bei einer Schifffahrt auf dem Wannsee konnte man
ein wenig von dem Ostsektor sehen.

Die Monate nach ihrer Rückkehr im Mai aus Berlin
vergingen im Flug. Sie waren ausgefüllt mit viel Berufs- und
Familienleben. Es war schon Herbst, später Nachmittag, als
eine unglaubliche Radionachricht verkündet wurde. Sofort
schaltete Isa den Fernseher ein. „Kinder kommt! Ich kann es
nicht glauben. Da geschieht etwas, was ich kaum noch für
möglich gehalten habe."

Inzwischen war es Abend. Man sah im Fernseher Trabbis
über die Glienicker Brücke fahren. Das war die einzige russisch bewachte Brücke ohne Stacheldraht und Mauer. Hier
fanden Ost- und Westpolitiker einen Übergang, wenn sie
sich zu Gesprächen begegnen wollten. Gefangene wurden
über diese Grenze ausgetauscht.

Menschenmassen und immer wieder fahrende Trabbis
bewegten sich im Dunkeln von Ost nach West. Man sah
Menschen, die sich in den Armen lagen und vor Freude
weinten. Jette war überzeugt, in jedem deutschen Fernseh-
zimmer hätten die Menschen mitgeweint, wie sie selbst und
die ganze Familie auch. Immer wieder kamen Nachrichten

zwischen den Live Übertragungen. Die Grenze ist zwischen Ost und West geöffnet. Das wurde sogar von einem Ostpolitiker bestätigt. Die Westdeutschen Nachrichtensprecher trauten sich kaum zu glauben, was sie da kommentieren durften.

Isa lag nachts wach und es flossen immer noch Freudentränen. Die „unüberwindbare" Grenze war nun endlich überwindbar geworden! Deutschland konnte sich wieder in den Arm nehmen! Der 9. November 1989 geht als positives Beispiel in die deutsche Geschichte ein, 44 Jahre nach Kriegsende, 44 Trennungs- und Aufbaujahre. Doch es waren friedliche Jahre. Deutschland steht für „nicht mehr Krieg wollen". Friedliche Demos im Osten gaben Hoffnung auf Wiedervereinigung. Diese folgte nach harten Verhandlungen am 3. Oktober 1990. Endlich Freiheit und vereinigtes Deutschland!

In Jette wuchs ein Gedanke, der sie nicht mehr losließ. Sie bat um eine letzte Reise. „Bitte Isa, wenn es dir beruflich möglich ist, erfülle mir einen letzten Wunsch. Einmal in diesem Leben möchte ich noch in meine ehemalige ostpreußische Heimat fahren. Unser kleines Häuschen und den Gutshof möchte ich sehen und fragen, ob es noch den Herrn Ortelsbruck gibt. Ich habe große Wälder in Erinnerung und das schöne Schloss. Kannst du mir bitte diesen einen Herzenswunsch erfüllen? Meine Mutter Anna wollte nicht zurück, aber ich möchte all das noch einmal wiedersehen. Ich habe alles so groß und schön in Erinnerung."

Isa besprach alles mit ihrem Ehemann und nahm sich Urlaub bei der Kirche. Neugierig, voller Freude traten die zwei Frauen die Reise an. Sie übernachteten einmal auf halber Strecke und dann fuhren sie zu ihrem Ziel weiter. Obwohl sie einen Plan hatten, war es nicht so einfach. Als sie nach dem Weg fragten wollten, fanden sie allerdings niemanden, der die deutsche Sprache verstand und sprach. Trotzdem empfanden sie den Empfang bei den Menschen als besonders herzlich und freundlich.

Sie hatten zum Glück ein Hotel gebucht, welches sich in der Nähe des Gutshofes befand. Dort trafen sie auf eine Frau an der Rezeption, die der deutschen Sprache mächtig war. Sie sagte, dass es in dieser Region viele Menschen mit deutschen Wurzeln gibt. Die Mitarbeiterin kauften sie beim Hotelchef für den nächsten Tag frei, um mit ihr durch die Landschaft zu fahren und an ihr Ziel zu gelangen. Jette hatte nicht viel erwartet. Aber alles, was sie in ihrer Erinnerung hatte, sah vollkommen anders aus.

Dann standen sie vor dem Gutshof und trauten ihren Augen nicht! Hätten nicht zwei Stücke der Mauer des Zaunes gestanden und das zweiflügelige Eingangstor, was inzwischen verrostet war sowie eine Schlossruine, Jette hätte nicht geglaubt, dass sie an ihrem Wunschziel war. Sie hielt sich an Isa fest und rang um ihre Fassung. „Froh bin ich, dass meine Eltern den Weg in den Westen gegangen sind. Es war Gottes Wille, dass ich ein erfülltes Leben haben durfte und dass ich eine wunderbare Familie habe und mein eigenes Schloss zuhause. Ich hatte ein glückliches Leben in meiner zweiten Heimat. Der Krieg hat alles zerstört! Aber ich möchte wie meine Mutter Anna nie mehr hierher zurück!"

Dieses ist bereits das zweite Buch der Autorin Ilse Seck bei diesem Verlag.

„Nie mehr zurück", nach wahren Begebenheiten zeigt, wie sich das Leben in Europa – besonders in Deutschland - verändert hat.

Ihr erstes Buch „Aus meinem Herzen" erzählt ihre Autobiographie.

Die Autorin ist am 22.11.1944 geboren und seit mehr als 50 Jahren verheiratet.

Sie hat zwei Töchter, zwei Schwiegersöhne und zwei Enkelkinder.

Die Idee für ihr erstes Buch entstand, nachdem Ihre Enkeltochter Jana sie nach dem 2. Weltkrieg für ein Schulprojekt befragte. Sie beschloss, daraus eine Geschichte zu erstellen. Das hat Ihre Schreiblust angeregt und so ist bereits das zweite Buch entstanden.

Wenn Sie mehr über die Autorin wissen wollen, besuchen Sie Ihre Website

www.ilse-seck.info
ilse.seck@gmx.de

Zeitfracht Medien GmbH
Ferdinand-Jühlke-Straße 7
99095 Erfurt, Deutschland
produktsicherheit@kolibri360.de